沖仲仕が医師になって

青山光太郎
AOYAMA KOTARO

幻冬舎 MC

沖仲仕が医師になって

本書は農業高校出身の青年が、自分の進路決定に際し、頭では医学の道に進みたいと思いながら、本心は逃避していてどうしたらよいか分からず、強くなりたいと思って一人で東京に出て、講道館に通いながら様々な仕事を体験して進むべき道を模索し、遂にそれを見つけた物語である。

沖仲仕《おきなかし》は、青年が上京後に従事した仕事の中で、最も印象が深く、その後の人生に大きな影響を与えた仕事である。

目次

旅立ち——昭和38年6月［21歳］

東京オリンピック前年の昭和38年6月、一人の若者が東京都文京区の講道館付近にやってきて住む所を探していた。

キョロキョロしながら、あちこち歩いてやっと『空き部屋あり』の張り紙を見つけて、恐る恐る二階建ての古びた家の引き戸式のガラス戸を開けた。

「ごめんください」

中から60歳位の小太りで色黒の女性が出てきて、疑い深そうにじろじろとその青年をのぞきこむように見ながら、

「何かご用？」と聞いた。

「表で空き部屋ありと書いてあったのを見かけたものですから」

「どこから来たの？」

「静岡から来ました」

「学生さん？」

「学生だったのですが退学して上京してきました」

「東京で何するつもり？　収入のあてはあるの？」

「昼間仕事して、夕方は講道館に通って、夜受験勉強しようと思います」

「荷物はどうしたの？　家の人達はあなたが東京に来たことを知っているの？」

「荷物は後から送ってもらいます。家の人は知っています」

と言ったが実際には家には何も連絡していなかった。

家主は大学中退など信用できず、家出人か犯罪者かもしれず、余程あやしい人間だと思い、部屋を貸すかどうか迷った。でも見るからにひ弱そうで、何らかの事情はあるにしろ、悪い人間ではなさそうだと思って、部屋を貸すことにした。部屋代は3千円だった。


青年の名は青山光太郎、21歳。静岡県内の大学に通っていたが、教養課程の2年を修了して3年からの専門課程に進むに際し、進路選択に悩み、現在所属している理学部とは別の学部を受験しようとして、その大学を中退して東京に出てきたのである。

しばらくして、実家に大学を中退して東京に出てきたことを手紙で知らせたが、山梨県の片田舎で暮らす両親は驚き悩んだ。父・岩太郎が、

「光太郎は大学辞めちゃったんだって」

とつぶやくと、母・きく子は、

「あんなに苦労して大学にへえった（入った）のに辞めちまうなんて頭でも狂っちゃったずらか？　医学部に行くとか書いてあるけど受かる訳がねいし、東京に行って何するつもりずら」と言った。

両親は「困ったもんだね」と頭を抱えた。

それ以来、二人は夕方になると、決まってうす暗い台所で額を寄せ合ってぼそぼそ話し合っていたが、話し合えば解決できるというものではなく、二人とも一気に年をとったようだった。


光太郎はとりあえず住む所は確保できたので職探しを始めた。今度もまた道を歩きながらキョロキョロ探して『求む製本見習工　森岡製本所』の電信柱広

告を見つけた。下宿から近くて歩いて行ける所だったので、あらかじめ電話してから面接を受けて、意外と簡単に採用してもらえた。

家内工業的な小さな製本所で、社長の他は長い顎ひげを生やした60歳くらいの大沢、50歳前後の痩せた山口、パチンコ大好きの40歳くらいの小池、仕事の合間にボクシングジムに通っている25歳くらいの早川が働いており、光太郎は主に背表紙の糊付け作業や紙の裁断補助などの仕事を手伝った。早川は年齢も近かったので気軽に話しかけてくれて仕事もよく教えてくれた。

「青山君は柔道やっているんだって？　ここからは講道館が近くていいね。俺は仕事が終わったら毎晩ボクシングジムに行ってるんだよ」

「私も夕方仕事が終わったら、毎晩講道館に通っています。中々強くなれなくて」

「みんな同じさ、俺だって一生懸命練習しているがそう簡単には強くなれない。まあ一緒に頑張ろうや」

顎ひげを臍の近くまで伸ばしている大沢は、何時も黙って仕事をしていて少し気難しかった。小学校卒業で職工になり、仕事一筋で歩んでこられた方のようだ。糊付けが終わった本を数冊重ねて重しを載せて平均に張り付くようにする仕事があるが、積み重ねた本の山が曲がったりしていると、

「おい、曲がっているぞ！」

「糊がしみ出ているぞ！」

などと怒ったような口調で言われた。先輩だから教えて頂くのは当然だが、山口や早川は笑顔で教えてくれたが、大沢は日に焼けた真っ黒い顔でぶっきらぼうに言うので少し怖かった。

光太郎の日課は日中仕事して、夕方は講道館に通うことだった。帰り道に食堂に入って食事をするが、大体最初に目に付いた定食屋に入り、それでも物足りなくて二軒目に入って食べることが多かった。

夜、家に帰って勉強しようと本を広げるが、昼間の疲れと腹いっぱい食べたことで眠くなり、うとうとしていて、そのまま眠ってしまうことがしばしばだった。銭湯には週二〜三回通った。

給料が少なかったので、部屋代とはしご夕食二軒分やたばこ代などで足りなくなり、時計や携帯ラジオを質に入れたり、学生時代にバイトして買ったスミルノフ高等数学教程七巻分を二千円で売ったり世界美術全集を千円で売ったりして、その日の生活費をなんとかやりくりしていた。

7月下旬に会社ぐるみで千葉の海岸に海水浴に行くことになり、土曜日の夜八時に東京を出発して、日曜日丸一日遊んで帰ってきた。真っ青な空、灼熱の太陽。その中で泳いだり駆けたり、飛び跳ねたりして海水と戯れている人達を見ると、いかにも楽しそうで自分も楽しくなった。ボートですぐ近くの沖まで行って、そこから岸まで泳いでくることもしたが、一緒に行った社長の娘さんがボートの中で立ち上がった時、一瞬水着姿の下半身に目が行ってくらくらして倒れそうになってしまった。

光太郎はまだ女性を知らない。女性とは犯しがたい天女みたいなものと思っていたので、女性の水着姿を間近に見て、心臓がどきどきして一瞬止まりそうになったのだ。

職場の人達は、一人（大沢）は小学校卒、他は中学校卒で、女性経験も豊富で職場でも女性の話が多かった。

「昨夜の女はひどかったぜ、お金は沢山ふんだくられたのにサービスはさっぱりだった」

「俺のはブスでよう、そのくせ、いかにものようなことを言うので嫌んなっちゃったよ」

光太郎はその人達の話についていけなかったが、色々話を聞いているうちに女性だって優しくなかったり、高慢ちきだったり、ずるい人もいるものだということが少しずつ分かってきた。

給料が少なくて生活が苦しいので、家賃を払わないですむ住み込みの仕事を探して、9月初めに四谷の牛乳屋さんに就職した。朝は早いが早朝配達が終わった後は自由時間が作れるので、配達後に学校に行っている人もいた。十人位の配達夫がいて、大体皆が寮に入り、秋田出身という賄いのお姉さんが世話をしていた。

「青山君はどこの出身なの？」と賄いの大梨さんに聞かれた。

「生まれは山梨県ですが、東京に来る前は静岡にいました」

「どこか学校に行っているの？」

「講道館に通っています。今3級ですが何とか黒帯が取りたくて」

「そう、頑張ってね、洗濯物などがあったら出してね。何か困ったことがあったら遠慮なく何でも言うのよ」

優しい姉さんだった。

仕事を始めて四日目、いつものように自転車の後ろに牛乳を載せての配達中、前方の道路にドアを開けていた車があり、それを避けようとして転倒してしまい、後ろに積んでいた牛乳瓶を殆ど割ってしまった。

車の方はどうなったかは分からないが、運転手からがみがみ言われなかったのでそのドアは無事で、車はそれほどの損害はなかったものと思われたが、牛乳代は弁償しなければならない。弁償するお金はなかった。

牛乳店から「辞めてくれ」と言われた訳ではないが、光太郎は自分の不注意と運動神経の鈍さで、店に大変な迷惑をかけてしまったので、すごく申し訳ないと思い、辞めなくてはいけないと思った。

「何も辞めることはないのに」

とお姉さんは優しく言ってくれたが、光太郎はかなりショックを受けていて、また同じようなことを起こすかもしれず、

「僕にはこの仕事は無理かもしれません、本当に申し訳ありませんでした」と打ちしおれて謝った。

「無理に引き止めないけど、これくらいのことは誰にも時々あるのでそんなに落ち込まなくていいのよ」

数日間だが優しくしてくれたお姉さんに心から感謝して、その日の内に荷物をまとめて牛乳屋を後にした。見送るお姉さんの目に光るものがあった。

牛乳屋を辞めて住む所もなければ収入もない。そこでまずアパート紹介所に

行って住む所として中野区上高田の三畳一間を借りることにした。次いで飯田橋の職業安定所で、神田にあったＰＣリポート社を紹介してもらい、そこで働くことになった。

仕事内容は論文が印刷されているカードの論文名や著者名、キーワードの頭文字などを検索しやすいようにパンチする仕事で、夜間大学の男子学生や夜間高校の女子高校生なども働いていた。仕事は単純でそれほどきつくなく、時間的にも余裕があって、夕方講道館に行って夜勉強しようとする者にはうってつけだった。手当ても製本見習い工の時より多かったので、質屋に行く必要もなくなった。

ある日仕事が終わった後で、一緒に働いている女子高生の高井美津子が追いかけてきて、駅までの間色々話しかけてきた。年齢は昼間の高校生より何歳か上のように思われ、肩幅が広くがっちりした体格だった。

「青山君は会社終わったら何しているの」

「講道館に行って柔道をして、それが終わったら下宿に帰って勉強することにしているけど、夕飯を腹いっぱい食べるので眠くなって、そのまま寝てしまうことが多いんだ」

「そう、どんな勉強しているの?」

「医学部の試験を受けようと思っているのだけど、中々勉強が進まなくてね」

「試験科目はどんな科目があるの」

「英語、ドイツ語、数学、物理、化学、生物の全科目なんだ」

「忙しそうだけど、いつか休みの日に一緒にどこかに行かない?」

「折角だけど中々時間が取れないので無理だと思う。ごめんね」

「そう、いいのよ」

二人はそれぞれ別方向の電車に乗って別れた。電車に揺れながら美津子は何ともやるせない気持ちで窓の外を眺めていた。光太郎は美津子の気持ちは分かっていたが、今はそれどころではないと思い、気持ちを切り替えてこれから行く講道館での乱取りの相手や、技のことを考えていた。

生い立ち——昭和16年10月〜

光太郎は山梨県南アルプス市藤田の貧農、青山岩太郎ときく子の間にやっと生まれた長男だった。出生時、今では女の子の方が喜ばれることが多いが、当時は家の後継ぎになるという意味で各家庭ともまず男の子を欲しいと思っていた。青山家では長女（6歳の時死亡）、次女、三女（生まれてすぐ死亡）、四女とずっと女が続き、五番目にやっと産まれた男の子で、その次も女の子だったので殊の外大事に育てられた。

おとなしい子で、寝かせておけばそのままの姿勢で、何時間でも寝ていたので、後頭部が圧迫されて真っ平らだった。小学校時代「光太郎の頭は真っ平ら！　光太郎の頭でコマが回るぞ！」とからかわれた。

痛いことは嫌いの意気地なしで、バリカンで頭を刈ってもらう時は、痛いからと逃げまわり、ミカンをちらつかせて「ミカンをやるから頭を刈ろう」と言われれば言うことを聞いた。

感受性が強くてよく泣いた。ひ弱で風に当たるのを嫌がった。父親の岩太郎は村一番の力持ちで米俵を二俵くらい軽々と担ぎ上げるし、万能鍬を使っての田起こし競争では負けたことがないほど力持ちで有名だったが、息子は親に似なくて全くの力なしで、覇気もなかった。

今度東京に出てきた動機の一つは、講道館に通って柔道を通じて強くなりたかったからだが、一生懸命努力する割には強くなれなくて、今までの月次試合で一回しか勝ったことがなく、生まれながらの非力と気弱さも関係しているのではないかと思っていた。

運動会の徒競走はいつもビリ。4年生の時一着になったことがあったが、それは先頭を走っていた子供が転んだために、続いて走っていた子が次々に転んだからだ。光太郎は先頭集団からかなり離れてビリだったので先頭集団の転倒の影響がなく、一着でゴールしたのである。

学校の勉強はほどほどで特別よくできるというほどではなかった。しかしどうしてなのか分からなかったが、本を読む時に声が震えることがあった。四年生の時家庭科の先生が、皆の前で「光太郎君は花のように美しい心を持っている」と言ってくれたが、何故そのように言ってくれたのか理由が分からず、本を読む時声が震えることがあったからかなと思った。

中学卒業後は、農家の長男なので農業高校に進学することにしていたので、中学時代は鉱石ラジオを作ったり、遊び仲間と探検ごっこをしたりして、遊んでばかりで勉強は殆どしなかった。

しかし中学2年の時、宮沢賢治の『雨ニモマケズ』を引用して『固い信念と意志を持て』と題する演題で中学弁論大会に出場して入賞したことがあった。雨ニモマケズ、風ニモマケズ、の詩とは違って、自分は雨はともかく風が嫌いで風に負けるような弱い人間だが、それらに打ち勝てるような「固い信念と意思を持って人生に取り組んで行きたい」と述べた。弁論大会で述べるだけあって、固い信念と意思を持って強い人間になりたいという思いは人一倍強かったが、現実は人一倍弱い人間だった。

中学卒業後は県立農業高校に進学した。

受験勉強はしなかったが、入学後に入試の成績は上位の方だったと受け持ちの先生が教えてくれた。

入学してみると復興作業という石拾いとか、肥え樽担ぎとか、草むしりとか高校に対して持っていたイメージと随分かけ離れており、面白くなくて高校を退学しようと思った。

当時、受け持ちは二人いて一人目の山田先生から、

「何故退学したいと思ったのだ、退学してどうするつもりだ」

と聞かれた。

「入学する前に思っていた高校生活とあまりに違うので退学したいです。退学した後のことは何も考えていません」

「馬鹿だな、目的もなく退学した生徒は大体みんな不良になっているぞ、不良になりたいのか？」

「不良にはなりたくありません」

「それならよく考えるのだな」と言われた。

もう一人の受け持ちの中山先生には、

「この高校から東門大に受かった人もいるのだぞ、青山だってできないことは

ない、この高校から東門大を目指したらどうだ」

と言われた。

光太郎は大学に行くことなど全く考えたことはなかった。農家の後を継ぐのに大学進学は必要ないと思っていた。しかし大学に行くということではなく、日本で一番難しいと言われる東門大に挑戦するのは悪いことではないと思った。光太郎より三年先輩で農業高校始まって以来、まさかの東門大に合格した先輩がいたことは知っていた。

「東門大に受かるかどうか分かりませんがやってみます。とりあえず退学は取り消します」

その後、光太郎の受験勉強が始まった。農業高校の科目は農業、土肥、生物、園芸、社会、野菜等が主な科目で選択科目として数学、英語、物理、化学などの授業もあったが極めて初歩的なもので、受験に役立つものではなかった。物理と化学、日本史と世界史は何れかを選ぶ選択科目だったので化学と世界史を選択し、物理と日本史は学べなかった。

受け持ちの中山先生が大目に見てくれるのをいいことにして、農業実習などを休んで図書館で勉強することが多く、家ではラジオ講座や通信添削講座などで勉強した。

そして高校卒業時に東門大を受験したが不合格だった。そのまま農業に従事する道もあったが、それまでずっと受験勉強していて体力的に弱っていたことと、試験に落ちてすぐ農業に従事するのが恥ずかしい気持ちもあって、浪人して再挑戦することにした。

予備校に行けるお金がある家庭ではなかったので、自宅か県立図書館で勉強した。元々それほどの能力がなく、おまけに農業高校だったので授業で教わる学科は受験用ではなかったので、受験科目は殆ど独学だったが、猛勉強して一年後再挑戦した。一年前よりは少し手ごたえはあったが、やはり不合格だった。しかし二期校の国立静山大学理学部には合格したので、ある程度の学力は付いていたのかなと思った。

目指していた大学ではなかったが、これ以上浪人することは許されないので、静山大学に入学した。しかし東門大一筋で何年間も勉強してきたので切り替えが難しく、もう一度東門大を受けようかなと思うこともあった。

大学では入学してすぐ柔道部に入ったが、それまでずっと部屋にこもって受験勉強してきたことと生来の虚弱体質から、乱取りしても負けることばかりで、自分の決め技にしたいと思った払い腰や内股は中々身に付かなかった。


柔道も勉強も中途半端のままで二年が過ぎた。

大学は二年間の教養課程が終わると三年生からは専門課程に入っていくことになる。理学部の場合、専門課程は物理、化学、生物、地学、数学の各専攻があったが、もとより何かを学びたくて大学に入ったのではないので、何を専攻したらよいのか分からなかった。

しかし入学して二年間は教養課程といって、専門課程に入る前の一般教養を身に付ける期間と位置付けられていたので、色々な本を読んだ。後年上京したばかりの時、金がなくて売ったスミルノフ高等数学教程とか世界美術全集などは、その頃家庭教師やレストランの皿洗いなどのアルバイトをして買ったものである。新約聖書や倉田百三の『出家とその弟子』『超克』、嘉納治五郎の『私の生涯と柔道』、シュバイツァーの『水と原始林のあいだに』など色々な本を読んだ。

シュバイツァーは30歳の時既に神学の教授になっていたのに、アフリカの奥地に行ってハンセン病患者の治療をすると決意して、医学部に入りなおして医師になった。実際にアフリカのランバレネ（ガボン）にバラック小屋のような病院を建てて、医療活動を行ったことに感銘を受けて、自分もそのように生きたいと思うようになった。

シュバイツァーは『わが生活と思想より』の中で「私が既に30歳なのにさらに長期の困難な勉学をして、アフリカに宣教師としてでなく医者として行こうと決めた時、友人たちはどうしてそんなことをするのかと不思議に思って反対した。私もこれからの長年の苦労を考えると心配したが、医者として奉仕する私の根拠は重大だったので、他の難点は一顧だにしなかった」と述べており、別の個所では「善を行わんと決意する者は、他人が彼のために道にある石塊を取り除いてくれると期待してはならない。却って石塊が道の上に積まれることを覚悟しなければならない」と述べていた。あらゆる困難や反対も乗り越えて実現するという強固な鉄の意志だったことがうかがわれた。

それに比べて光太郎の決意は、シュバイツァーをかっこいいと思い、それを真似しようと思った程度だった。医学部に行くとなると解剖実習がある。気の弱い光太郎にはとても耐えられそうにない。ましてハンセン病など怖い病気だ。考えるだけで逃げ出したくなる。シュバイツァーの生き方にあこがれたがそれを実践するためには解剖実習やハンセン病が立ちはだかっていた。

三年生になって専門課程選択にあたり、何を選択するかで悩んでいたが、今在籍している大学には医学部はなかったので、医学部進学するには別の大学を受験する必要があった。

医学部に進学するには一般入試で医学部を受験する方法と、教養課程が二年修了した段階で医学部三年生から始まる医学部専門課程編入試験を受験するという二つの方法があった。

光太郎は既に教養課程を修了していたので、後者の専門課程編入試験を受験しようと思っていた。医者になりたいという気持ちはあったが、心の奥ではそのための解剖実習やハンセン病に恐怖を感じていた。

自分は精神的にも肉体的にも非常に弱い人間と自覚していたので、東京に出て働きながら柔道をして心身を鍛え、自分の進むべき道を決めようと決意して東京に出てきたのである。

沖仲仕になる

東京に出てきたけれど強くなりたいと思った柔道は中々強くなれず、医学部を受験すると言っても、心の奥では医学部は怖くて行きたくないという矛盾した気持ちがあった。受験勉強も進まず、昭和39年3月に受験した京都の国立京山大の医学進学課程編入試験は不合格だった。

前年の6月いきなり静岡の大学寮から東京に出奔した光太郎に対し、田舎では、

「青山さんの息子は静岡の国立大学にへえったけれど、頭がおかしくなって中途退学して東京に行って、今何をしているか分からないらしい。困ったことで一人息子なのに岩太郎さんもきく子さんも可哀そうにな」

と噂されていた。

光太郎もそのように噂されている田舎に帰って、「これから農家の跡をついで農業をやります」と言い出す勇気はなかった。

農業高校卒業生といっても、農業科目はあまり熱心に学んでおらず受験勉強ばかりしていたので、農業をやる自信もなかった。親に相談することもなく、

そのまま東京にとどまることにして東京生活二年目が始まった。

編入試験の結果が発表された後の3月下旬には下宿の近くの七星科学ＫＫに就職した。電気製品や光学製品の組み立てや製品審査の仕事で、8時間労働、日当五百円だったので家賃三千円、食費一日二百五十円として何とか生活できる収入だった。

一緒に働いている人達は中高年の女性で、単調な仕事だったので講道館にも行けたし、夜の勉強もある程度できる環境だった。しかしあまりに単調だったのでもう少し男らしい仕事をしてみたい気持ちになり、新聞広告を見て、港区海岸通り三丁目の大海作業運輸に就職することにした。


仕事場は晴海埠頭で、東中野から電車で通った。朝六時頃からの作業なので朝早く起きなければならないが、日当が千二百円で当時の一般的日当、三百円～五百円に比べてかなり高く、残業代が加わると千五百円位になることもあった。オールナイトといって夜中に仕事する時もあり、その時はもっと高かった。

沖に停泊した貨物船の貨物を艀《はしけ》（本船から岸壁へ、岸壁から本船に貨物の移動に使用される輸送船）で岸壁に運んで陸揚げし、陸の荷物を艀で貨物船に積み込む仕事で、その作業員のことを沖仲仕と言った。

貨物の種類は大きなコンテナや、銑鉄の棍棒状の塊、バナナ、台湾砂糖などが多かった。危険な仕事でその会社には五十人位の沖仲仕がいたが、毎月のように誰かが死んでいた。特に危険なのはラワン材の移動で、これは艀を使わないでラワンをイカダのように組んでその上に人が乗ってラワンを運ぶが、ラワンに挟まれたり、ラワンイカダから海に転落したりして死亡することが多かったようだ。

光太郎は主に艀の中にいて、ワイヤで吊るされてくる陸からの大きな貨物を支えながら艀の適切な位置に設置するか、その反対に沖に停泊している船舶から艀に移された貨物にワイヤをかけて陸揚げする作業をしていた。

貨物はワイヤに吊るされながらぶらぶら揺れるので、艀の縁と貨物の間に挟まって死ぬことがあり、艀の縁の近くに体を入れると危険なのだが光太郎は最

初そのことをあまり理解していなかったし、教えてくれる人もいなかったので
その位置で貨物を支えることもあった。

陸上で采配を振るっていたデッキマンがヘルメットに書いてある名前を見て
「こら!! 青山!! まとめて取るつもりか!!」

と大声で怒鳴っていた。とっさにその意味は分からなかったが、その表情から〝危険だからその位置から移動しろ!〟という意味だと理解して位置を変えた。その後理解した省略なしの意味は、

「お前そんな所にいたら死ぬぞ!! 死んで保険金をまとめて取るつもりか!!」

だった。身寄りのない人が多かったので、そのような人が亡くなった時どこにその保険金がいくのだろうか?と思った。

沖仲仕同士ではお互いの事情をあまり聞いたりしないので、もし誰か死んでも知り合いはなく、そのまま消えて後は何もなかったように経過していくのだろうと思われた。光太郎は入社した時身元をあまり詳しく聞かれなかったような気がするが、死亡した時の保険金受取人、つまり父・青山岩太郎の住所氏名

をしっかり書いたか不安になった。両親には沖仲仕をしていることは伝えていなかった。

そこで働いている人は若い人から高齢者まで様々だった。前歴は何をしていたか知らない。若くて元気に動き回っていた岩下という人は、その言動から学生時代革マル系の活動家だったのではないかと思われた。黙々と仕事していたかなり年配の痩せた男性がいたが、どのような過去があり、家族はあるのか、今どのような生活をしていて何を目指しているのか、話をしたことがないので知る由もなかった。

60歳を少し過ぎたくらいの、やや猫背の内気そうな野田という男性が、どうした訳かよく光太郎に近づいてくるようになった。ある日、

「私は以前、会社を経営していました。つぶれたのでこういう仕事をしています。青山さんは学生さんだったのですか？　何故こんな所で働いているのですか？」

と聞いてきたので、

「性格が弱いので、性格を強くしたくてこういう仕事を選びました」と答えた。

野田は、

「年齢は違うけど友達になれてうれしいです」

などと言って光太郎に付きまとっていたが、ある日、

「急にお金が必要になったのでお金を貸してもらえませんか」と言われた。いかにも金に困っている様子で気の毒に思った光太郎が、

「いくらいるのですか？」と聞くと、

「七千円貸してもらえませんか？　必ず返しますから」としっかりした口調で言った。悪い人ではなさそうだし必ず返すと言っているので貸してやろうかなと思ったが、七千円といえばかなりの大金である。家賃二か月分以上だし、自分の食費なども切り詰めなければならない。でも気の毒に思えたので返してくれると信じて貸してやった。

野田はポケットからメモ用紙を取り出し、『一金七千円借用いたしました。

必ずお返しいたします。昭和三十九年七月十日　野田郁夫　㊞』の借用書を渡してくれたので、いつかは返してくれるものと思った。

それから数年後までずっとそれを財布の中に入れて持っていたが、とうとう返してはもらえなかった。真面目で正直そうな人だったので、最初から光太郎をだまそうと思っていたのではないと思われ、金の工面がつかなかったのだろうなと思ったが、もしかしたら死んでしまったのかもしれない。

自衛隊上がりの30歳台の阿南も「青山さん、青山さん」とよく寄ってきた。

7月中旬の暑い日に、

「家に遊びにいってもいい」と言われて、

「いいですよ」と言ったら実際に遊びに来て、

「泊っていってもいい」と言われた。

「布団一つしかないし明日の朝早いから早く帰った方がいいのではないですか」

「夏だから布団などなくてもいいよ、泊まらせてよ」と一つしかない布団の中に潜り込んできて、もぞもぞしながら光太郎の大事なところを握って「舐めてもいい」と聞かれた。

光太郎は初めてのことでどぎまぎしていたら、強引にペロペロ舐めだした。そのうちに光太郎も変な気持ちになってきて液が出てくるのが分かったが、彼はそれをそのままごくごくと飲み込んでしまった。その夜は泊まって翌日朝早く帰っていった。

その後も時々、

「遊びに行っていい」と言われたが、

「講道館に行かなくてはならないし、その後は受験勉強しなければならないので」と断ったらあまりしつこくまとわりつくこともなかったので救われた。

光太郎と同年代、もしくは少し年長と思われた松山は、仕事がよくできた。容貌も整っていて岸壁や銑鉄の上に腰かけて一人でたばこを吸っている姿はかっこよかった。

「おはよう」くらいの挨拶はするが、直接話を交したことはなく、仕事現場が同じになることも滅多になかった。しかし遠くから見ても立ち居振る舞いが落ち着いていて爽やかで、光太郎はひそかにあこがれていた。

光太郎はその頃自分の容姿を気にしたり、下前歯の一本が内方に曲がって生えているのを気にしたりするのは恥ずべきことと思っていて、それをしてしまう自分を弱くて低級な人間として卑下したり、罪の意識を感じたりしていた。それらを克服して強くてたくましい人間になりたいと思って毎日柔道に励んでいたが、一向に強い人間になれない。色々な場面で利己的な行動や考えが浮かぶのは、恥ずべきことと悩んだりしていた。

それに比べて松山は落ち着いていてスマートで、光太郎の悩みなどは全て超克しているようだった。親しく話し合った訳ではないので、表面上は落ち着いてかっこよかったが、内面では悩みもあったのかもしれない。しかし光太郎にとっては自分にないものを全て持っているように思われ、あこがれの人だった。沖仲仕になる前の仕事や、どのような理由で沖仲仕をしているのかも知らなかったが、光太郎は遠くから眺めて勇気をもらっていた。

光太郎はテーブルの上に落ちたものでも食べないすごい潔癖症だった。沖仲仕達が行く食堂街は、屋台がいくつも横につながっているような感じの所で、食器などを洗うのに水道水ではなく、貯め水を使っている様子ですごく不潔だと思い、それらを見ているととても食べられないと思った。しかしお腹が空けば食べない訳にはいかず、一回食べたら二回も三回も同じだとなりいつしか慣れて皆と同じように食べられるようになった。

艀の中で作業していると炎天下では40度以上になることもある。汗がだらだら出るので水分補給が必要で、艀の中央に水の入った樽桶が置いてあり、樽の淵に塩が置いてあった。その水を飲むには、金属製の柄杓一本しかなく、全員がそれに口をつけて飲むしかなかった。

光太郎は病気が伝染するかもしれず、不潔なので最初は躊躇していたが、40度以上の蒸し風呂の中で水を飲まないと死んでしまうので、おずおずと皆が口をつけるその柄杓で一回飲んだら次からはだんだん平気になって皆と同じように飲めるようになった。

潔癖症で気取っていた光太郎もだんだん身も心も沖仲仕になっていった。最初の頃は、顔や服に砂や油を塗りつけて、皆と同じようになるように努力していたが、次第にその努力もいらなくなった。陸上を歩いている白いワイシャツを着た人達と、船底にいる自分達は違うのだという卑屈な気持ちも染み付いてきた。

信濃大学工学部に行っている友人の満山がある時訪ねて来てくれて、埠頭から、

「おーい青山!」と手を振ってくれたが、今の自分と白いワイシャツを着たかつての友人とでは、人種が違い過ぎてまぶしくてまともに見られなかった。

同じ人間だったのに境遇が違ってくると自ら卑下してしまい、自分で差別して壁を作ってしまうものだなと思った。陸に上がって話をした時、

「おまえ変わったな、苦労しているのだろう」と言われた。

陸上の人に劣等感を感じ、自ら差別意識を持ってしまったが、皆と一緒に同

じ柄杓で平気で水が飲めるようになり、あらゆる沖仲仕と仲間意識が生まれ、沖仲仕は皆平等で一体であるという意識が強固になった。思い上がりや他の人を見下げる気持ちや利己主義の感情はかなり緩和されたのではないかと思った。色々細かいことを気にしている暇もなかったので大雑把になり、逞しくなったような気がして、この仕事をしてよかったと思った。

光太郎は自分の弱い心を強くしたくてこの世界に入ったが、いろんな人と接する中で少しそれが叶えられたように思えた。

後年医師になって最初に学んだのは、ヒポクラテスの誓いを基に作成された医師倫理だが、それには「あらゆる階級、あらゆる職業、あらゆる宗教、貧富などで患者を差別してはならない」とされている（ヒポクラテスの誓いの原文では男女、自由人、奴隷で区別してはならないとなっている）。

これはあくまで理想で、目指すべき姿を示したもので、現実には貧乏人患者よりお金持ち患者を大事にしたり、教育程度の低い底辺の患者より社会的地位の高い患者を大事にしがちだ。しかし光太郎は、あらゆる状態の患者さんに対して、自分と患者さんとは全く上下関係はなく、同じレベルと思って差別なく接することができた。それは、若い時にあの沖仲仕を経験したことが、その土壌を作ってくれたのではないかと感じていた。

5月に沖仲仕になり、人生勉強は色々できたが教科の勉強は殆どできなかったのでもっと勉強できる環境に移ろうと思い、三か月後の8月中旬に沖仲仕を辞めて8月下旬から薬問屋の野島商店で働くことになった。

自転車もしくは軽自動車で製薬会社から仕入れた薬を薬問屋や薬局に配達する仕事で、日当四百円、午後二時半頃には終わるのでそれから講道館に行って、夜勉強しようとしている人間には好都合だった。

その頃の光太郎の日課と予定は次のようになっていた。

六時半起床、七時出勤、午後二時半退社

三時講道館~四時まで柔道

五時半帰宅、六~七時夕飯

七時半〜十一時　各科目の勉強
十一時〜十一時十五分　ラジオドイツ語講座
十一時十五分〜十二時　各科目の勉強の続き
十二時半就寝

予定は右記のようになっていたが、現実には午後七時半からの勉強の予定は、夕食後でどうしても眠くなり、本を広げていても眠ってしまうことが多かった。

宗教の勧誘

この頃光太郎より二つ三つ歳上の山村という青年が光太郎の下宿を訪ねてくるようになった。宗教の勧誘である。光太郎は教会にこそ行っていなかったが新約聖書を隅から隅まで全部読んでおり、神の御心に沿っての奉仕と献身行動を目指し、邪悪な心と闘って心を浄化しようとしていたのでキリスト教徒に近いと思っていた。

そこに山村が現れて心のバランスが崩れてしまった。

「青山さん、これは願いとして叶わざるなしのすごい宗教で、絶対幸せになれる宗教ですから一緒にやりましょう」と山村は熱を込めて言った。それに対して光太郎は、

「私は洗礼を受けた訳ではありませんが、聖書を読んでいてキリスト教に関心があります。博愛精神、利他精神が大切で、山村さんの言う自分が幸せになる宗教というのは利己主義であり真の宗教ではないと思います」と言った。

「自分が幸せになり他人をも幸せにしていく宗教で、ご利益頂載だけの利己主義の宗教では全くありません。キリスト教では右の頬を打たれたら左の頬も出

しなさいと言いますが、そんなことできますか？　偽善ですよ。右の頬を打たれたら左の頬も打ってくださいと左の頬を出す人はどこにもいません。右の頬を打たれたら相手の頬を思い切り打ち返す、それが自然ですよ。できないことをさせようとするキリスト教は、精神に混乱を来たし、精神病になってしまいますよ」

光太郎は「これを信仰すれば幸せになれる」というのはご利益主義、利己的、幼稚で宗教に値しないものだと思い、全く入信するつもりはなかったので、「折角ですが私は今医学部に入るための受験勉強ですごく忙しいので、もう来ないでくださいい!!」と強く断った。それでもその後も何回も訪ねて来たので、「この前言った通り、もう聞くことは何もないので帰ってください」とドアを閉めてしまうことが多かったが、しつこい人で留守の時も何度も訪ねてきていたようだ。

ある朝、まだ暗い4時頃トイレに起きたら、薄明りの中で分厚い本を開いて読んでいた何者かが外に立っていた。そっと覗いてみたら山村だった。こんなに朝早くから自分のために来てくれているのかと思うと胸が熱くなった。

「どうしたんですか？　こんなに朝早く」

「青山さんが会社に行く前にちょっとでも会えればと思って待っていました」

光太郎は少しでも話を聞いてやらないと悪いと思って、

「お入りください」と言って中に招いた。

「出勤前で忙しいと思うのでちょっとだけ話させてください。青山さんは医学部の試験を受けると言っていますが今のままでは恐らく受からないと思います。この信心をすれば願いとして叶わざることなしですから、信心すれば必ず受かります」

光太郎は今までそれなりに努力してきたので、「受かりません」と言われたことにはカチンときた。

そして、「これをすれば受かる」とは非科学的で我田引水、益々低級ないかがわしい宗教のように思えた。でもそれを話す山村の目は生き生きとしていた。

電車賃がなくて中野から東中野まで歩いてきたこともあるとも聞いており、その教義はよく分からなかったが山村の熱意には心を動かされていた。

試しにやってみて山村の言ったことが嘘だったら辞めればいいと思って、10月18日に入信することにした。その後は毎日信心指導に来てくれて勤行の方法を教えてくれた。

時には山村自身の話もしてくれた。

「自分の家は早死にの家系で父親は若くして死に、兄も数年前亡くなりました。自分も医者から30歳までは生きられないと言われて不安で自暴自棄になり、なんの希望もなく暗い毎日を送っていましたが、この仏法に巡り合って世界ががらりと変わりました。

信仰したおかげで、『30歳で死ぬならそれまでの人生を輝かしいものにすればいいのだ。人生長く生きれば幸せで、短ければ不幸ということはない』ということを心の底から実感できたのです。不幸な人を救うためには何も惜しくないという気持ちになりました。青山さんを救うためにはどんなことでもできるようになったのです。断られても断られても訪ねてきたのはそのためです」

「不幸な人を救う」という、その不幸な人が自分だと言われて、あまりいい気分ではなかったが、実際はそうかもしれないと思った。光太郎は山村が勧めてくれる宗教は、自分が得して幸せになればよいとする利己的な教えで、他人のために尽くす利他を教えるキリスト教とは相反する教えだと思っていた。しかし山村を見ていると、自分の幸せは勿論だが、それ以上に不幸な人を見たら命がけで救ってやろうとする心が感じられ、その宗教をもっと真剣に学んでいかなければいけないのかなと思うようになってきた。

光太郎はそれまで本物の宗教とは、神の導きによって自分の利己心を捨てて他人のために尽くせる人間になることだと信じ、その具体的方法として〝天にましします我らの父よ〟で始まる主の祈りを時々実践していたが、容姿や歯のことを気にしたりする利己的な心は少しも改善されず、またそのふがいない自分を恥じて自己嫌悪に陥り、幸福とは言えない状況だったと認めざるをえなかった。しばらく真面目に、山村の勧める信仰をしてみようかと思った。

光太郎と同じ下宿に住んでいた大学生の井上と山川にも山村は、「この宗教は絶対だ」の話をして、様々な罵詈雑言や反発を受けていた。しかし山村の熱意と確信に圧倒されて、光太郎と同様に納得したからではなく、「やってみなければ分からない」の山村の言葉に反発するような気持ちでやってみることになった。

10月下旬に近くの蕎麦屋さんで月見そばを食べながらテレビで東京オリンピックの女子バレーや男子体操を観た。テレビの向こう側で選手達が華々しく活躍している姿をみてうれしかったが、何故か涙がこぼれてきた。彼らと自分の境遇を比べてみたのかもしれない。

山村の熱心な勧めにより一旦その宗教を始めてみたが、その宗教の出版物を読んだり幹部の指導を受けているうちに「この宗教は絶対だ」と言って他の宗教を「悪い教えだ」と言って退けたり、「正しい教えに則していなければ努力したって駄目だよ」の指導も納得できなかった。

光太郎は人間には努力が絶対必要で、努力が最高に重要なことと思っていただけに、山村とは別の幹部である菊池に、

「君ねえ、努力したって信仰をきちんとしなければ絶対成功しないよ」と言われて頭にきて山村には申し訳ないが、11月9日にその宗教を辞めることにした。

8月から野島商店に勤めて少し落ち着いたところで、田舎でおろおろ心配している両親のことを思い、店で養命酒を扱っていたのでそれを買って、着古した下着で包んでせめてもの親孝行のつもりで、ちょっとした手紙を付けて送った。


その包みが届いた山梨の郷里では、岩太郎が、

「光太郎が何か送ってくれたよ！」と叫べば、きく子は、

「なんずらか？　なんだか薬のようなにおいがするね。開けてみるじゃん」と言って包みを開けた。

「なんでえ割れているじゃん!!　養命酒だっただね」と二人は叫んだ。

「光太郎が俺達のことを思って送ってくれたのだから割れていたことは黙っていらだあ」と岩太郎が言った。

割れてはいたが光太郎の気持ちがうれしかったし、送ってくれたということは本人が元気でいることの証だと思って、両親は少し安堵した。光太郎は割れていたとは知らず、少しばかり親孝行した気分でいた。

光太郎は女性とは崇高なもののように感じていたので、女性のいる問屋に薬を届けたり受け取りに行く時は緊張した。女性に対して意識過剰の傾向があり、もっと女性を全体的に知りたいと思って中野のストリップ劇場に行ったことがある。女性が演技している最中に後ろの方で、

「へたっくそ！　ブス！　ひっこめ！」と叫んでいる声が聞こえた。光太郎は思わず立ち上がって後ろを向き、大きな声で、

「静かにしてください!!　一生懸命踊っているのに失礼ではないですか！」と言った。それで静かになったが、後ろには黒メガネをかけた怖そうなお兄さんが坐っていた。いつ「表へ出ろ!!」と言われるかもしれず、ガタガタ震えていたが、よくもあんなことを言ったものだと我ながら驚いた。その後幕が閉まる

まで生きた心地がしなくて、幕が閉まったら、こっそり、そして大急ぎでそこを離れて下宿に帰った。

小田原の断食道場

――昭和39年11月

野島商店での勤めは11月上旬で辞めて、かねてから自分を強くする方法として断食をしてみようと思っていたので、11月13日に小田原市の関東断食道場に入門した。最初は一か月の予定だったが、一か月は長くて大変そうだったので二週間に減らした。何も食べてはいけないが水は飲んでもよかった。四日目くらいになるとかなり慣れてきて八幡海岸の方に散歩に行ってきた。六日目に小田原駅まで歩いてきて少し疲れたので牛乳を一本飲んでしまった。誘惑に負けた時が危険と言われるが、体に活力が生まれ、今まで忘れていた食欲が猛然と湧いてきて何でも食べたくなった。二週間断食するつもりだったが、明日以後断食するのがばかばかしくなって一週間で止めることにした。

道場で最初に指導されたのが、

「断食そのものは危険ではないが、断食を止めると決めたその瞬間から猛烈な食欲が湧いてくるので、そこで猛烈に食べて死ぬことがある。その時が危険なので少しずつ馴らして食べる様に」とのことでその後五日間少しずつ食べる補食期間を経て東京に帰ってきた。たった一週間の断食だが効果はあったのだろうか？

人間にとって最も大切なことは利他主義で、他人に尽くせる人間になることだと信じていたが、実際は自分の利益を考えたり、自分の容姿のことを気にしたり、嫉妬心に悩まされたりして、そんな自分を恥じて自虐的に生きてきた光太郎だったが、断食中、自分を愛することの重要性を感ずることができた。

今までは自分を愛してはいけないというジレンマがあったが、断食を通じて〝自分を愛していいのだ、自分を愛さなければいけないのだ〟ということが分かった。〝自分を愛せない人がなんで他人を愛せようか？〟ということが分かったのである。これは大きな収穫だった。

12月に入ったら1日から中野図書館に行って勉強することにした。それまでは柔道も続けていて、月次試合を六回受けて一勝しただけでその後の勝利がなく三級のままだったが、毎日熱心に講道館には通っていた。しかし医学部編入試験が約二か月後に迫っていたので、東京に出てきて以来初めて柔道の練習を休むことにした。

山村の生き生きしている姿に感銘を受けて入信した宗教だが、色々悩んだ末に、入信一か月後の11月中旬には自分には合わない宗教と思って辞めてしまった。しかしそれを聞いた山村はまた熱心に通ってくるようになった。光太郎は母親の影響でキリスト教的考えが染みついていて、理想の人間と現実の自分とのギャップで悩んでいた。山村から、

「理想の人間を目指すことはいいですが、祈れば理想人間になれるものでもなく、短期間ではまず不可能だと思います。短期間でそれを実現しようと努力すれば無理があり精神がおかしくなってしまいます。理想人間になろうなどとは思わない方がいいですよ、それより確実に幸せになる方法があるのだから、騙されたと思ってそれを実践することですよ!!」

と言われた。山村とは別の幹部、菊池の「努力は意味がない」の指導に反発して、一旦その宗教を辞めていたことについても説明してくれた。

「この宗教は宇宙の法則を解き明かしたもので、宇宙の法則に合致していれば幸福になり、外れていれば不幸になる。そういうことを教えている宗教なのですよ」

「法則といえばニュートンの万有引力の法則とかアインシュタインの相対性理論と同じようなものですか」

「同じだと思います。リンゴは木から下に落ちるものなのに、その法則を知らないで上に落とそうと努力しても無理で、菊池さんが『努力したって無駄ですよ』と言ったのはそういう意味なのですよ」

そう言われてみると、柔道が強くなりたくて静岡から東京に出てきたが、一向に強くなれなかったのは、理にかなった努力をしていなかったからかもしれないと思った。

山村が1月7日夜から8日にかけて静岡にある総本山の参詣に連れて行ってくれた。その時車中で食べた、山村が作ってくれたソフトボールくらい大きなおにぎりは、その後もずっと折にふれて鮮明に思い出された。

山村の変わらぬ熱意と総本山に行ってきたことなどから、光太郎は再度その信仰を始めることにして朝夕のお勤めをきちんとするようになった。

その時から入試まで二か月弱だったが、山村に教えられた通りに、合格をしっかりご祈念するようになった。自分のために祈ることには罪の意識を感じていたが、今はそんなことは言っていられない。何としても合格したい気持ちが固まってきて、心も落ち着いてきた。北国大と仙台大学を受けることにしたがやるだけのことはした。〝今度不合格になったら潔く諦め、郷里に帰って農業をする〟決心もできた。どのような結果になってもふらつかない心構えができたのである。

念願が叶う——昭和40年3月

そして2月、北国大と仙台大の入試を迎えた。受験生なのに柔道ばかりしていて、沖仲仕や薬問屋での仕事、さらには断食などの回り道をしており、学力は十分ではなかった。最初の北国大の筆記試験の成績はかなり悪く、特に物理とドイツ語が悪かったと思った。面接試験は四人位の試験官がいて、受験生も四人位相対して順番に質問された。質問は各受験生にほぼ同じ質問で最初に、

「何故医学部に進学しようとしたのですか？」と聞かれた。光太郎は、

「シュバイツァーの伝記や著作を読んで、自分も同じようにアフリカに行って医療をしたいからです」と答えた。

「医者になるまでには解剖実習その他の実習もあり、卒業後も臨床実習などかなり大変なことが続きますが、耐えられると思いますか？」

「はい耐えられます。覚悟しています」

「内申書を見ると農業高校卒業とありますが、農業と医学はどのようにして結び付いたのですか？」

「農家の長男でしたので農業高校に進学しましたが、高校一年の途中から大学

受験を発心して静山大学に入学し、教養課程の時にシュバイツァーの本を読んで、三年生からの専門課程選択の時に医学に進みたいと思うようになりました」

「農家の長男なのに大学受験を発心したきっかけは何ですか」

「高校が面白くなくて退学を申し出た時、受け持ちの先生から『農業高校が嫌だからと言ってその後何の当てもなく退学した生徒は大体みんな不良になっている。この高校から東門大に受かった生徒がいる。君だってそれを目指したらどうだ』と言われたからです」

その後いくつか質問があったが、それなりに答えられた。

北国大、仙台大ともほぼ同じような質問内容だった。筆記試験があまりできなかったので合格は半ば諦めていたが、結果は北国大、仙台大の両方とも合格した。

天にも昇る気持ちで言いようのない喜びに包まれた。下宿のおばさんも涙を流して喜んでくれた。筆記が悪かったので面接で受かったのかなと思い、1月

8日から山村が勧めてくれた信仰を再度真面目にやり始めたのでその功徳なのかなとも思った。北国大と仙台大どちらを選ぶかで少し迷ったが、クラーク博士の北国大を選んだ。〝ボーイズ・ビー・アンビシャス〟の言葉に光太郎は惹かれていたからだ。

恋い焦がれと勉学と柔道と

晴れて医学部三年生に編入できたが、それまでの生活、特に沖仲仕の生活が体に染みついており、北国大の教養学部で二年間を過ごして三年生に進級してきた生え抜きの学生と比べてかなりの違いと引け目を感じた。

でも勉強の方は入学までの道のりが厳しく、並々ならぬ決意で医学部に入学してきたので、麻雀などで学校をさぼって代返を頼んでいる同級生達をしり目に、授業をさぼることなく毎日前の方の席で真面目に講義を聴いていた。

6月に最初の解剖学実習があった。医学部を目指した時の最初の関門である。やはり緊張するし恐怖心もあった。でも〝今生命はなくてもそれまでは生命を宿していた体なので失礼があってはならない。心からの敬意と感謝の気持ちで実習させて頂く〟心構えで取り組んでいくうちに次第に少しずつ慣れてきた。

同級生は光太郎達八人の編入生と前からの学生を合わせた合計で八十四人だったが、その中に女性が三人いた。今は女性の医学部志望者はかなり多くなったが当時は少なかった。解剖実習などが壁になっていたのかもしれない。

その三人の中に花谷文子という学生がいた。背は少し低く、まだ子供らしい面影も残していた。その彼女が、光太郎が恐れをなしていた解剖実習を実に手際よくテキパキしているのに感心し、女なのにすごいなあと思った。それがきっかけで尊敬の念が起こり、いつしかあこがれの対象になってしまった。教室の中で彼女を見かけるとどきどきし、授業中も光太郎より少し斜め後ろに坐っている彼女を意識するようになった。面と向かって話し合う勇気はなかったので、遠くから見て恋しい気持ちを高ぶらせていた。ミーティングで偶然横に坐って二言三言言葉を交わせた時は最高に幸せで、その日は一日中ウキウキしていた。

思い余って手紙を書いた。

『好きになってしまいどうすることもできない状況です。猛烈に勉強して立派な医者になろうと思って入学しましたが、貴女のことを思うと勉強も手につきません』と手紙を書いた。すぐ返事が来て、

『貴男のことは何とも思っていません。勉強に打ち込んでください』と書いてあった。本当は『勉強に打ち込んでください』の方をよく読めばよかったのだ

が『貴男のことは何とも思っていません』にショックを受けて打ちひしがれてしまった。

振られたのだ。分かってはいるが教室で見かけるとまた思いが募ってくる。その後も何回か手紙を出したが返事はなかった。うるさい男と思っていたのだと思う。4回目に返事があり、最初の手紙とほぼ同じ意味の、『いわゆる好きとか嫌いとかいう感情の関与しない大多数の人々の内の一人です』と書いてあった。失恋は決定的になり嘆き悲しんだが、ここで区切りをつけることにした。それまでは彼女に夢中で、解剖学と生理学の試験に落第して再試験を受けた。再試験の席で解剖学の先生から、

「君は専門課程の編入試験で入学してきた学生だね。私はその試験の委員をしていたので出来の悪い学生を入学させたと言われては困るんだよ。がんばってくれよ！」と言われた。面目なくて返す言葉もなかった。人間とは恋におぼれると、かくもだらしなくなってしまうものかとしみじみ思った。その後も思慕の情は止み難かったが、気持ちを集中して勉強するようになった。それでも医

学部の試験は難しく、生化学、薬理学の試験を落として再試験を受けたりしたが、なんとか卒業してその後の国家試験にも無事合格した。

浪人時代東京にいた時は毎日講道館に通ったが、一向に強くなれず月次試合で負けてばかりいた。北国大でも柔道部に入り、昼休みに練習したが強くはなれなかった。それまでの光太郎の練習方法は講道館に通っていた時も大学時代もコーチや先輩について指導を受けながら練習するのでなく、乱取りといって誰か道場に立っている人に「お願いします」と言って取り組みを申し込んで練習する方法でマンネリ化していた。心構えも月次試合の時は「今日こそは勝つぞ」と思ってはいても心の底からの本気ではなかったのかもしれない。

北国大に入って二年目の夏休みに東京上野の不忍池の近くに下宿していた山村の部屋に泊めてもらって、そこから講道館の月次試合に出場して四年ぶりに一勝し、黒帯をもらうことができた。うれしくて感涙したが、本気の中の本気で精神集中できた結果が、黒帯に結び付いたものと思われた。精神的な面も含めた正しい努力の結果が、表れたということかもしれない。

光太郎は高校時代に東門大を目指していた頃から、

〝自分は才能のない人間なので努力していくしか生きていく道はない〟とずっと思ってきた。しかし努力しても一向に成果が出ない時には、

〝才能がない者はいくら努力しても無駄なのだ〟と思うこともあった。だが今度黒帯になれたことで、

〝才能が全てではない、努力によって素晴らしい結果が出せるのだ〟という実感を得た。

〝勉強だって柔道だって、何でも正しい努力をすれば必ず結果は出る。才能がない、経歴が足りない、体力がないなどと言って努力しないで嘆いている人がいたらそれは怠け者で卑怯者なのだ。結果が出ないのは努力目標に対する一念が足りないからだ。一念こそ成就できるか否かの鍵だ〟ということを確信した。その一念を燃やすのに山村の宗教が有効だった。山村は「一念岩をも通す」という言葉を教えてくれた。

医師になり、そして失恋
——昭和44年3月〜

医学部受験を決意した動機は医者になってアフリカのハンセン病患者さん達のお役に立ちたい、ということだったが、頭ではそのように決めていても、心のどこかにまだアフリカやハンセン病は怖い、逃げたいという気持ちがあった。

昭和44年3月に卒業した時は、当時インターン制度改革のための大学紛争の真っ最中で、今までの一年間の無給インターン制度は廃止されて、二年間の有給研修医制度が開始されたばかりだった。制度的に卒業後の進路コースに混乱があったので、5月の国家試験に合格後直ちに医師としてアフリカに行く方法もあったかもしれないが、国鉄から奨学金をもらっていたため卒業後鉄道病院に何年間か勤めなければならない義務があった。少し迷ったがとりあえず新しくできた研修医制度に従ってアフリカ行きはそれ以後に考えることにした。

そこで卒業後は新宿南口の新宿鉄道病院に研修医として就職し、皮膚科、呼吸器科、小児科、病理科を六か月ごとにローテートした。呼吸器科にいた時、19歳の森山雅江さんを受け持った。呼吸困難があり肺に影があって肺腫瘍または縦隔腫瘍の疑いだったが、手術はできない状態でだんだん影が大きくなり、食事が食べられずどんどん痩せていき、回診の度に胸が締め付けられた。衰弱して亡くなり解剖の結果悪性胸腺腫だったが、医者でありながら助けることができなかったことを心から申し訳ないと思った。

その時の病棟に坂上由美という看護師がいた。福島県出身の整った顔立ちで、北国大の学生時代に恋慕した花谷文子に似ていた。

鉄道病院で二年の研修医を終了した後どうするか思案した時、郷里山梨の両親がかなり高齢化して心もとなくなっていることと、そこにある国立病院が医師不足ということもあり、アフリカを忘れてしまった訳ではないがいつかそのチャンスはあるだろうと思って、国鉄から借りていた奨学金は順次返済することにして、国立甲斐病院内科に就職することにした。

甲斐病院の仕事は非常に厳しいものだった。三階、四階、五階の内科患者約一〇〇人を副院長の高山先生と週二日のパートの佐川先生と光太郎の三人で回診する訳だが、副院長は外来があり佐川先生はパートなので、各患者の検査や注射指示、処方箋はほぼ全て光太郎がしなければならなかった。休日や夜間の急変時は必ず呼ばれるので安楽に休める時はなく、一週間、一か月があっという間に過ぎてしまう生活だった。病院のすぐ前に部屋を借りていたが部屋で安楽に寝られたことはなかった。

毎日毎日が戦争のように忙しい日々だったが、新宿鉄道病院の看護師の坂上由美が忘れられず手紙を書いた。返事をくれるかひやひやしながら待っていたら綺麗な字で返事をくれた。うれしくて心臓がどきどきした。その後連絡をとって主に山梨に来てもらって、西沢渓谷に行ったり甲府のボーリング場で仲良くゲームしたり、映画館で映画を観たりして楽しい時を過ごした。

光太郎の実家の田舎家に来てもらって泊まっていってもらったこともある。彼女の郷里に近い猪苗代湖、十和田湖や蔵王スカイラインなど東北地方を彼女の運転で回ったこともある。しかし山梨に来てもらった時も東北旅行中も光太郎ははやる気持ちはあるのだが、勇気がなくてキスはおろか手も握ったことはなかった。

新宿または甲府で待ち合わせることが多かったが、患者さんの急変や処置が長引いたりして約束の時間に間に合うようには病院から出られなくて、待ち合わせ時間に1時間くらい遅れ、彼女を怒らせることがしばしばあった。

7月17日土曜日の午後に甲府まで来てくれた時はそれほど遅れないで会うことができた。甲府市内のデパートに行ってプレゼントに腕時計を買い、食事をして彼女が新宿まで帰るので甲府駅から塩山駅まで送っていくことにした。

「わざわざ甲府まで来てくれてありがとね」

「いつも忙しそうで大変ね」

「忙しいけど坂上さんに会えると思うとウキウキしていたよ」

「そう？」

「僕は新宿病院にいた時から坂上さんを好きだった。手紙を書いたら返事をくれて甲府まで来てくれた時は本当にうれしかった。色々なところに一緒に行けて楽しかったよ」

「私も青山先生のことは嫌いではなかったわ」

「僕は坂上さんを大好きなので僕と結婚してくれますか」

思わずそんな重要なことを電車の中で言ってしまった。

その後しばらく沈黙が続いたが「次は塩山」「塩山」の放送があって光太郎が塩山駅で降りようとした瞬間、耳元に口を寄せて、

「ではＯＫね」と言ってくれた時には胸がはちきれんばかりで天にも昇る気持ちだった。帰りの車内でも家に帰ってからも心はウキウキしていた。


そしてＯＫをもらってから初めてのデートの日、８月25日を迎えた。

その日は水曜日だったが一か月遅れでさらに10日遅れのお盆さんで休みをとっていた。でも患者さんが気になり午前中は病院に顔を出した。午後一時半に甲府駅で待ち合わせることになっていたが、病棟に足をふみ入れるといつものように戦場のようになってしまった。

いきなり看護師から「山田さん38度あります。どうしましょうか？」と言われた。

「咳をしているかね、とりあえず胸部レントゲンと血液と尿の検査をして」

「先生！　今村さんの血圧が70以下に下がってしまいました」

「今行くけど血管確保してイノバン一筒用意しておいて。心電図も撮ってくれる？」

「先生、内田さんの点滴は継続しますか？」

「とりあえず継続だね。後で指示出すから」

「火傷の内池さんの包帯交換いつしますか？」

「十分位したら行くから用意しておいてくれる？」

「先生、古屋さんの点滴入りません。どうしますか？」

「私もしてみるけどやはり入らないかもしれないな。そうなったら股静脈に入れることになるかもしれないので準備しておいてくれる」

受け持ちの患者さんが八十人位いたので、次から次に対応している内に時間の経つのも忘れていて、時計を見たら三時を過ぎていた。彼女との約束の時間はとうに過ぎており、狼狽したがどうすることもできなかった。

その後も看護師からは次々と患者さんについての上申があったが、「申し訳ないけど出かけなければならないので、後で電話するから今日はここで打ち切らせてくれる」と言い残して甲府駅に駆け付けた。

彼女は怒って帰ってしまったかと思ったが、駅のベンチでポツンと待っていてくれた。

一緒に静岡に行くことになっていたのだが、ずいぶん待たされて笑顔はなかった。

「ごめんね、処置が重なって中々出発できなくてこんなに遅れてしまって」

「いいのよ、私だって看護婦だからそういうことがあるので気にしないで」と言ってくれたが度重なることで、もう我慢ならないという気持ちがちらっと見えた。大切な日に遅れて彼女の機嫌をそこねてしまい、光太郎は悪かったという引け目があって会話も弾まなかった。

甲府から身延線に乗って静岡市に行き、光太郎が以前静山大学に行っていた頃に皿洗いのアルバイトをしていた洋食屋のフランセで食事をした。その後光太郎が静山大時代に時々登っていた、丘のような小さな山である浅間山に二人で登ってベンチに腰掛けた。あたりはもうかなり暗くなっていて、人影は光太郎達二人だけで少し離れた所に街灯が一つぽつんとついていた。

光太郎は今日こそはキスをしようと思っていたが、中々タイミングが取れなくてしばらくもじもじしていた。だが、思い切って抱き寄せてキスしようと思った瞬間、ガサゴソと笹が鳴り、人が現れたので思わず身をひいてキスは止めた。その人はしばらくそのあたりをうろうろしていてやっといなくなったので、再度挑戦するべきだと思ったが、また突然現れるかもしれず、中々そのタイミングと勇気が湧いてこなかった。二人は黙ったまま少し離れて坐っていて時が流れ、遂に光太郎はかすれた声で、

「帰りましょうか？」と言った。

「そうね。私は静岡駅から東京に帰ります」

「じゃ僕は甲府に帰ります」

光太郎はタクシーで甲府まで帰ってきたがその車中後悔で気が狂いそうだっ

た。恐らく彼女は時間をやりくりしてはるばる東京から来てくれたのに、光太郎に彼女に対する気遣いや勇気がないばっかりに気まずい思いをさせてしまった。

その後何度か連絡を取ったが色よい返事が貰えず、「ＯＫよ」の約束は水に流そうということになった。

坂上由美が静岡から東京に帰る車中、一人で何を考えていたのか分からないが、恐らく光太郎について〝真面目で仕事熱心なことは分かるが、いつもデートに遅れてきてイライラさせられて、私を本当に愛してくれているのか分からない。今日も随分遅れてきて会っていてもよそよそしくて楽しくなかった。勇気もないし、頼りがいもなさそうだし、つまらない人だ〟と思ったにちがいない。

その後光太郎は自らのふがいなさでこのような結果になってしまったと悔いて、食事も喉を通らなくなり、夜も眠れずどんどん痩せてきた。生きるに生きられず、死ぬに死にきれないような状況だった。しかし病棟での忙しさは相変わらずで、その肉体的過労に加えて精神的苦悩は一か月以上続いた。

その頃の患者に小柳道子（17歳）がいた。貧血と発熱で受診して、骨髄穿刺の結果急性骨髄性白血病と診断して抗悪性腫瘍薬による治療を行っていた。発熱もなく血液検査もそれほど悪くない時に、本人から家に帰りたいとの希望が出され、外泊を許可した。

「いつまで家にいてよいですか」

「三日位だね」

「それでは行ってまいります」

「何かあったらすぐ連絡するのだよ」

元気に病院を出て行ったが、二日目に呼吸が苦しいとのことで自宅に往診に行った。往診した時はそれほどの大きな変化はなかったのでそのまま帰ってきたが、翌日呼吸停止したとの知らせを受けて激しいショックを受けた。昨日往診した段階で病院に連れ戻していたら、急死はなかったかもしれないと思われ、自分を責めた。そしてまだ17歳の少女なのに治してやれなかったことで、自分の無力さを痛感して申し訳なさでいっぱいになった。

失恋の苦しみに患者さんの予期しない急死が重なり、精神的苦しみは大きかった。

静岡の浅間山での一件から一か月、二か月が過ぎ、少しずつ気持ちが落ち着いてきた。仕事に精を出しながら、自らの未熟さと勇気のなさが招いた結果として、いつまでもくよくよしないで、前を向いてこれからのことを考えていこうという気になってきた。しかし水に流すことにしたとはいえ、坂上由美への思いはそう簡単に断ち切れるものではなかった。

激務の中で結婚

——昭和47年

失恋の痛みに耐えていた頃、小学校の恩師、学術研究で知り合った方、職場の先輩である精神科の先生から相次いで、青山君に相応しい女性がいるからと紹介の話があった。精神科の近藤先生は国立甲斐病院と障害者病院の国立幸泉病院を掛け持ちし両方の病院に勤めていた先生で、幸泉病院の院内報に、『今年は自分の干支なのでぼつぼつ結婚を考えたいと思います』と書いていた素晴らしい栄養士がいるので紹介したいという話だった。少し傷も癒えてきた二～三か月後位にお会いした。

小柄で丸顔、少したれ目の伊山英美子という女性だった。紹介してくれた近藤先生の言葉通りの気立ての優しい女性で、光太郎の両親も大変気に入って、数か月のお付き合いの後プロポーズして、昭和47年3月26日に甲府で結婚式を挙げた。

甲斐病院の勤務は相変わらずの激務で、土曜、日曜はなく、夜もないような生活であった。結婚してからも同じで、子供が生まれてからも子育てを手伝える状況ではなかった。長男、長女の二人の子供が生まれたが、オムツ替えや入浴その他全てを妻の英美子一人で行っており、夜遅くなっても何時に帰って来るかさっぱり分からず、不安にかられることもあった。台風の夜不安で泣き叫ぶ子供達を一人でどうなだめたらよいか途方に暮れることもあった。日曜日など家族づれで何処かに行きたいと思うこともあったが、光太郎は殆ど家にいないので、家族で出かけたことはなかった。買い物は子供を自転車に乗せて出かけ、帰りには家が高台にあって坂を登らなければならず息が切れたが、なんとか日々必要なものは揃えていた。

英美子は、医者の家庭はこういうものと思っていたが、辛いことだらけだった。光太郎は病院の患者さんの方ばかり向いていて、家庭の事は少しも考えてくれないと思った。しかし英美子はそのような苦労を顔に出さずに、家庭でも近所でも笑顔で暮らしていたので、外からは幸せな奥さんのように見えた。後年、光太郎にある程度余裕ができて振り返った時、二人の子供をぐれさせずに立派に育ててくれた英美子に心から感謝した。

夢中で働いていたのでその当時のことはよく覚えていないが、後年光太郎が蓄膿症の手術で入院した病院の看護師から、

「青山さんはもしかしたら45年くらい前に国立甲斐病院に勤めていたことはありませんか？」と聞かれた。

「勤めていましたよ」

「丸山正雄という患者を覚えていませんか？」

「当時大勢の患者さんを診ていたのでよく覚えていません」

「丸山正雄が急に輸血が必要になった時、青山先生が血液型が同じだからと自分の血液を採って輸血してくれたので、付き添いをしていた丸山の娘はいいしれない感動をおぼえたとのことでした。丸山はその後元気で退院しましたが、その時の娘が今は私の叔母で井上と言いますが、青山先生に直接会ってお礼がしたいと自分の子供や親せきの人にいつも言っていました。青山先生はその後転勤してしまったけれど、最近また山梨に帰ってこられたようなので、是非お

会いしたいと口癖のように言っていました」

「甲斐病院に勤めてはいましたが、そんなことがあったかはよく覚えていません」

「先生はよく覚えていないかもしれませんが、叔母はずっとそのことを言っていて、年をとってからはさらにその気持ちが強くなっていたようです」

「はっきり覚えていませんが、そんなこともあったような気もしますのでいつでもお会いしますよ」

「昨年叔母は食道がんで入院しなければならず、入院中も青山先生のことを言っていましたが、遂にその願いを叶えてやれず、半年前に亡くなりました。でもそのことをここで伝えられてよかったです」

「そうですか。そんなに思い続けて頂いて恐縮です。お会いしてその時の状況などをお聞きすればしっかり思い出せたかもしれず、残念でした。ご冥福をお祈りします」

丸山正雄さんのようによくなって退院した患者のことは殆ど覚えていないが、

亡くなった患者とか、病気が中々よくならずに治療が難渋した患者のことは何十年経っても覚えているもので、そうでない患者のことは殆ど覚えておらず、丸山さんの娘さんには申し訳ないことをしたと思った。

百人前後の患者さんを少ない医師で昼も夜も常時診ていなければならない状況で患者に十分尽くしてやれなくて、医師を何とか増やしてもらわなければどうすることもできないと思った。そのために東京の医科大学のいくつかを訪問して医師の派遣をお願いして歩いた。

本来は院長、副院長のする仕事で、彼らもそれなりに努力していたが、現場で苦しんでいる人間の実情はそれほど分かっていないと思われ、自分からお願いに歩いた。でも大学医局の医師も不足しており、簡単に派遣してもらえるような状況ではなかった。医師獲得が中々できなかったのは大学医局からの医師派遣が難しかった他に、国家公務員総定員法もネックになっていた。内科医師が超不足でも総定員が満たされていれば病院管理上認可というもので、当院も総定員とすれば不足でない状況だったので、院長が必死で医師獲得に動いてくれなかった面があった。

朝光新聞の声欄に『人間性無視の総定員法』と題して自分が苦しんでいる現状を書いて投書したが本紙では採用されず、新聞社の別の紙媒体に掲載されたがあまり反響はなかった。

転勤——昭和50年12月

医師を獲得すべく自分は必死で運動していたのに院長がそれほど真剣になってくれないことに不満を持ったことと、白血病の少女の急死などでショックを受けて、

〝ただ忙しくて勉強する余裕のない現在の状態から抜け出して、大学病院のような大きな病院でもっと勉強して小柳さんのような患者さんを助けられるようになりたい〟という気持ちが湧いてきた。

その時、この甲斐病院は医師不足で超大変なのに、ここから自分が抜けたらどうなるのかを想像すると中々決断はできなかったが、

〝そうなったら院長がもっと必死になって医者を探すだろうし、医者が少なくなったら当面はそれなりに入院患者を減らすだろうから何とかなるだろう。このままだと自分が死んでしまう〟

と考えて五年八か月勤めた国立甲斐病院を辞めて相模原の相模大学病院に移ることになった。相模大学を選んだのは北国大学の佐々川先輩が病理学の助教授としてそこに勤めていたからだが、配属先は人間ドックなどの健康管理部門

とのことだった。健診部門だと聞いて光太郎は佐々川先輩に、

「今までの病院だと一人で全てをやらなければならず患者さん一人一人に十分手を尽くすことができないし、勉強もできない状態だったので、きちんと各症例を教えてもらえる所が希望です。健診部門でなく病棟医として内科教室に入れてもらいたかったのですけど」と言った。

「私が紹介したのは岡村内科で、そこでは健診部門と内科教室が一体になっていて、最初健診部門にいて後に病棟勤務になる人もいる。青山君のような人は最初その健診部門に入ることが多いのだよ」

「そうですか」と健診部門での仕事を開始したが少し不満は残った。


光太郎は甲斐病院にいた頃、忙しすぎて手が回らず、患者さんに十分尽くしてやれなかったことや、白血病の少女を外泊中に死なせてしまったことなどで悔いがあった。そのためもっと勉強して病気で苦しんでいる人達のために本当に役立つ人間になりたいと思っていたので、健診部門でなく患者一人一人が診

られる病棟医を希望していたが、それは叶わなかった。

それでも新しい生活は始まった。人間ドック受診者の診察、胃のレントゲン検査、胃カメラ検査、健診結果説明などが主な仕事であった。

相模大学は新設医大で、光太郎が入った時は一期生が丁度卒業して研修医としてスタートを切った年であった。胃のレントゲンも胃カメラも彼らにとって初めてで、光太郎も医師の経験はあるがそれらの検査は初めてだったので、彼らと一緒に学んでいくことになった。その時光太郎は35歳、一期生の平均は24歳。年齢的なギャップを感じて少し気後れしていた。

そんなある日、年老いた両親が相模原の家に遊びに来てくれた。田舎者の年寄りが甲府から来るには中央線の八王子で乗り換えて、相模線で相模原まで来なければならず結構大変だったが、嫁の英美子がいつもよくしてくれるので農業が一段落したのでと、はるばる来てくれた。

母のきく子が、

「新しい所で元気でやってるけ」と聞いてきた。

「まあ元気でやってるけど一緒にやってる人達がみんな若いので気後れしている」

「そんなことはすっかまっちょし！　なにをやるでも歳なんか関係ねいだよ」

この言葉で吹っ切れた。やっぱり母親だなと思った。以来歳の差は殆ど考えないでレントゲンも胃カメラも上手にできた時は褒め合うし、よくない時は注意して、お互い同期生として切磋琢磨して研修を積み重ねることができた。

そこで学会発表もさせてもらい、論文も書いた。五年後には『肝機能検査の軽微異常値の評価』という論文で博士号を頂くことができた。


丁度その頃郷里の山梨県に医科大学が新設されて、一期生の卒業生が研修を行う付属病院の建設が急ピッチで進んでいた。新設病院の開設時の要員として相模大の教授から山森医大教授に紹介状を書いてもらい、相模大から山森医大に移ることになった。病院開設までの一年間の最初の六か月は東京都先進医学研究所で、後半の六か月は都立駒場病院内科肝臓グループで研修させて頂いた。

東京都先進医学研究所では血液を遠心分離して血清を採り、B型肝炎ウイルスの研究を行っていた。その時はまだC型肝炎は発見されていなくて非A型非B型肝炎と呼ばれており、世界中がその本体を発見しようとしのぎを削っていた。駒場病院では、それまで相模大では患者を受け持てなかったが、そこでは主として肝臓病の患者を受け持たせてもらって色々勉強できた。

そしていよいよ山森医大病院が開院した。まだその時は設備も整っていなくて人員も不足していた。光太郎は第一内科に入ったが、その時のスタッフの大半は山梨県出身で県外の大学を卒業し、光太郎と同じように山梨に医科大学ができたので郷里に帰ってきた人達である。光太郎は初代医局長に任命された。

開院時一期生はまだ医学部六年生なのでポリクリ（臨床実習）で外来や病棟に来たりしていたが、一期生の誇りをもった優秀な学生が多いと感じていた。

健康管理センターに出向——昭和61年4月

山森医大には四年間いたが、金木教授から、五年目に飯田厚生連に出向してくれないかと言われた。

「今度厚生連で健康管理センターを立ち上げるのでそこの所長を派遣してもらいたいと要請されているのだ。色々考えたが、青山君は相模大で健診をしてきたので適任だと思うが、どうかね」

「確かに相模大で健診をしてきましたが本当は病棟で症例を勉強したかったので、この大学でももう少し病棟で勉強させて頂きたいです」

「ずっととは言わない。一年後には交代するから行ってくれないか」

「分かりました」と若手の岡村医師と二人で出向して、厚生連健康管理センターを立ち上げることができた。一年後に教授に、

「一年経ちましたので交代してもらいたいですが」と申し出たところ、

「代わりの人がいなくてね、もう一年だけやってくれよ」と言われて、その次の年も同様になり、その次の年も同じで、結局二十年間その健康管理センターに勤めることになった。

農協がバックにあったこともありセンターは順調に発展し、建物も増築して今でも発展を続けており、初代所長として誇りを感じている。

入院患者を診ることにこだわっていた光太郎だが、病気にならないように食事や生活指導をすることも重要だし、放っておけば手遅れになって命にかかわる病気を早期発見して、早期治療することもそれにも増して重要なので、次第に健診の仕事に生きがいを感じ、情熱を注いできた。

光太郎が健診業務に打ち込んでいる頃「検診は百害あって一利なし」を主張する遠山成二さんが、健診は無意味であるという内容の本を何冊も出版してマスコミに登場してきた。

「乳がん検診をはじめあらゆる健診は無意味で、かえって受診者に不安を与えたりして害になる。早期に発見されて長生きをしたといってもがんの自然経過を厳密に調べれば、手術してもしなくても死ぬ時は変わらない。むしろ早期発見して手術した人の方が何もしなかった人より死亡者数が多いというデータもある」

「がんを手術して治ったといってもそれは放っておいても転移しない［がんもどき］だった可能性があり、放置してよいものだったのだ」などと、健診受診者や健診を業とする者に真っ向から対立する論陣を張って脚光を浴びていた。

遠山さんは放射線科医で放射線診断や治療を担当してきた方だが、実際の健診業務や入院患者さんを受け持って何千、何万という方々を治療してきた訳ではない。しかし日本国内や世界中の論文を調べて、上記のような結論に至ったとのことである。

遠山さんが世界中の論文を調べた努力は認めるが、光太郎が健診現場、治療現場で体験してきたことは遠山さんの理論とはかなり違うと思った。

後年光太郎が受け持った80歳台の女性患者さんは遠山理論の信奉者だった。三年前、食欲がなく、おなかが張った感じがして、便秘も続くようになったので病院に行ったところ「大腸がんの疑いがあります。検査しましょう」と言われたが、

「検査して、もしがんが見つかったとしても遠山先生の本では手術しても生存期間は却って短いかもしれないと書いてあったので、手術するつもりはないので検査はいりません」と断った。

それから二～三年後お腹がパンパンで食事が全く食べられなくなって家族に連れられて光太郎の病院に来た時は、大腸がんが進行して全身に転移しており、腸閉塞を起こしていた。苦しみながら点滴だけの治療を受けて一～二か月後に亡くなった。

三年前に検査して大腸がんが見つかって手術しても、遠山理論だとその時既に転移が始まっていたとすれば、死ぬ時期はあまり変わらないことになるが、現実は全く違う。

転移がなければ手術でそのまま治ってしまうし、転移があったとしても転移巣の切除や抗がん剤治療などで治癒または寛解状態に導くこともできる。何よりもがんを放置して、どんどん大きくして全身に転移した状態で苦しみながら死ぬのに比べ、手術で病巣を切除して、その後再発がんが出現したとしても、通常は経過観察で受診しているので放置した場合ほどの苦しみはない。

遠山さんはこのような実際の症例をあまり体験しておらず、自分の考えに合う論文を拾い出して遠山理論を形成したのではないかと思われた。

厚生連では早期がん、進行がんにかかわらず発見がんについては全て緻密に年度ごとの追跡調査をしているが、遠山さんもがんで相談に訪れた方々全ての症例について、是非ともそれを行って頂き、文献だけでなく実例の積み重ねデータを示して発言してもらいたいと思った。

健康管理センターに勤めながらもアフリカ行きを忘れていた訳ではないので、家でたまに「本当はアフリカに行きたかったがいま叶えられていないのでいつかはアフリカに行きたい」というような話をすると、

「家族を路頭に迷わすようなアフリカ行きは駄目だよ」といつも言っていてテープにも吹き込んでいた父・岩太郎が平成3年12月22日に老衰で亡くなった。86歳だった。

光太郎が厚生連に勤めて五年目のことで、母・きく子は腎臓が悪くて透析していたが、その翌年の平成4年5月11日に岩太郎の後を追うように亡くなった。85歳だった。

光太郎の両親

青山岩太郎は大勝利に終わった日露戦争終結の明治38年に青山唯男の四男として生まれた。岩太郎の父・青山唯男は幼少の頃より学問が好きで、寺子屋に9歳から二年間通っていた時、五年生、六年生にも負けないくらい勉強がよくできたが、11歳からは家の手伝いのために寺子屋を辞めなければならなかった。それが残念だったと、いつも子供達に話すくらい勉強好きだった。成人してからも研究努力を怠らず、他人思いの働き者だったので有徳の人として村人から尊敬されていた。

ところがその子、岩太郎は勉強嫌いで尋常小学校に行っても学業成績はあまりよくなかった。試験の時はよくできる友人の答案を見せてもらって提出していた。しかし長ずるに及んで家の手伝いをよくする青年になり、村一番の働き者、力持ちになったが、大正14年7月の徴兵検査では少し身長が足りなかったことと発熱が続いていた時で、徴兵検査不合格になってしまいがっかりした。

お見合いで落合村の横内きく子と昭和7年に結婚した。太平洋戦争中兵役免除で村に残った時は、村中の戦争に行った人の田畑を耕してやっていた。力持ちではあったが要領がいい方ではなかったので、バカにされたり、軽んじられたりすることが多かった。

しかしそういうことに頓着なく、人が嫌がることでも何でも進んで行っていたので、笑いものになる反面、ありがたがられてもいた。

光太郎が覚えている父は、いつも朝早くから夜遅くまで働いており、たまに家で見かける時は、上半身裸で縁側に腰かけていることが多かった。二の腕の力こぶは鉄のように硬く、手の指はごわごわで木か鉄のようだった。人から頼まれると自分の田畑より先にその人の田畑を耕してやり、農機具が壊れたり電気がつかなくなったりした場合など、頼まれればいつでも出かけて直してやっていたので、時間が足りなくて朝五時頃から夜十二時頃まで休む暇なく働いていた。夜は額に炭鉱夫がつけるような懐中電灯をつけて田畑を耕していた。

リアカーに二俵の米俵を載せた人が工事中で橋が渡れなかった時、岩太郎は気の毒に思い、リアカーごと担いで川の向こう岸まで渡してやった。あまりの怪力にその人も周囲の人も驚いてしまうほどのバカ力があった。

道にガラスが散らばっていれば必ず片付けるし、困っている人がいれば必ず手助けにいく岩太郎は、村で重宝がられ、頼りにされていた。

母・きく子は落合村に明治40年、横内文五郎の五人兄妹の長女として生まれた。

小学校の時は近所に子守りの奉公に出て家計を支え、小学校を卒業したら群馬県の富岡製糸場に働きに出た。工場で作業する合間に、月に何回かあった聖書勉強会で神戸先生から日常生活のマナーなども含めて色々なことを教えてもらった。

結婚して子供が生まれてからは、子供達によく本を読んで聞かせて、本の内容についての話もしてくれた。ジャン・バルジャン（レ・ミゼラブル）の話は何度も聞かされた。イエスの生涯の話もよく聞いた。また日常生活の話では、会社の就職試験の時に、試験会場までの廊下にわざとゴミを落として置き、それを拾った人は採用されたが知らん顔して通過した人は不合格になったという

話を何度もしてくれて、

「おまんとうも、道や廊下にゴミが落ちていたら拾うだよ。それで試験に落ちるかもしれないのだからね」と言われたので、光太郎も学校や職場内の廊下やトイレにゴミが落ちている時には拾うようにしていた。三つ子の魂百までもと言われるが、子供の時に聞かされた話は生涯忘れないものだと思った。


岩太郎、きく子夫婦にも悲しいことがあった。昭和8年7月10日に生まれた長女・静江は「あいうえお」の文字を教えればすぐ覚えるし、足し算、引き算の計算もすぐできた。子供なのに両親や近所の人への思いやりがあり、家の手伝いもどんどんしてくれる賢くて気立ての優しい子供で神に感謝していたが、昭和15年1月から何が原因か分からない病気にかかり、落合の新津先生に往診してもらったり、方々の神社に祈願したりしたが、小学校入学目前の3月17日に6歳で亡くなってしまった。

今なら原因が分かり治った病気かもしれないが、だんだん食事も食べられな

くなり、母親が看病していた時、

「お母ちゃん、もう注射しなくていいよ」と言うので、

「痛いからけ？」と聞いたところ、

「ううん、お金がもったいないから」と、こんなに小さい子なのに家計のことを心配してくれて、きく子は胸が締め付けられ、言葉も出なかった。亡くなってから両親は悲しみのどん底に突き落とされ、しばらく泣き明かしていた。子供達に長姉・静江の話をする時は、いつも決まって岩太郎やきく子の目に涙が浮かんでいた。

アメリカ生活

――平成5年12月〜平成6年5月

父母が亡くなった後、強く反対する人もいなくなり、ゆくゆくはアフリカに行かなければならないと思っていたので、語学の勉強は続けていた。その一環として勤め先から特別の許可をもらい、平成5年12月にアメリカで日本語を教えるというインターンシップに応募して、五か月間アメリカのルイジアナ州、ニューオリンズに行ってきた。

中央アメリカのコスタリカ出身でSUNO大（ニューオリンズ南部大学）でスペイン語の教授をしている未亡人のフーバーさんのお宅に寝泊まりして、SUNO大学の学生と教官に日本語を教え、チューレン大学医療センターに、週に一回医学の勉強に通った。

日本を発つ前から尿管結石の痛みに時々襲われていたが、アメリカに着いて二日目に激しい背部痛と血尿があった後、黒褐色の石が排泄された。「アメリカで病気になると医療費がべらぼうに高いので注意しなさい」と言われていたが、持病で何度か発作に見舞われていた尿管結石の石が無事排石されてひとまず安心した。着任がクリスマスや新年の直前だったので、フーバー家の家族と一緒にそれらを祝った。日本では花火というと夏だが、アメリカでは冬の大みそかから正月にかけて、あちこちで冬の夜空を色とりどりの花火が飾った。

いよいよ新学期が始まり日本語コースを選択してくれたのは、ベトナム系の学生ハイ・ブー君一人だけであった。日本語科選択者がただ一人で、その一人もあまり勉強熱心でなくてよく講義を休むので、少しがっかりした。SUNO大の教官達の中には四～五人日本語を学びたい先生がいたので、教官用の日本語教室を作って教えたが、こちらは結構楽しかった。

春になり3月に学園祭があり、その時日本コーナーを作ってくれたので光太郎は柔道着を着て碁とか将棋を展示した。日本領事館の清水さんが手伝ってくれた。光太郎の日本語科の学生ハイ・ブー君も手伝ってくれることになっていたが遂に現れなかった。

この学園祭の様子が地元新聞に掲載されて、それを見たアメリカ人の青年が光太郎に囲碁を教えてもらいたいと訪ねて来て二回対戦したが、光太郎は二回とも負けて教えるどころではなかった。その後も彼とは何度か対戦したが殆ど光太郎の負けだった。領事とも何度か対戦したが七段とかで強すぎて勝負にならなかった。アメリカ人は囲碁の本場の日本人は強いだろうと思っていたみたいだが、とんだ当て外れで申し訳なかった。

ホームステイ先からSUNO大、チューレン大への移動はレンタカーを借りたが、日本から持参の日米共通の国際運転免許証には有効期限があり、それが切れた時、新たにアメリカの免許証を取らなければならなかった。学科内容は日本とほぼ同じだが実技で試験官の言う言葉がよく分からなくて難儀した。

フーバーさんの助けもあってなんとか合格できたが、異国で運転免許を取るのは大変なことだと痛感した。アメリカの道は広いが慣れていない左ハンドルで運転するのはひやひやすることが多く、中でもミシシッピ川にかかった橋の上を走る時は怖くて硬直していた。

五か月間の滞在中、大家さんであるフーバーさんの故郷のコスタリカにSUNO大の学生（殆ど黒人学生だったが）十五人位と一緒に旅したが、空は綺麗で町の喧騒もなく、静かな平和な国だなと思った。面積五万一千㎢、人口三百三十三万人の小さな国で、言語はスペイン語。世界で唯一、憲法で軍隊を廃止している国であった。

帰国直前にニューヨークを四～五日見学してロックフェラーセンターや世界貿易センター、自由の女神などをみてカナダ国境のナイアガラを見学して帰ってきた。後年世界貿易センタービルはテロによって破壊（２００１［平成13年9月11日）され、多くの犠牲者が出て痛ましい思いをした。

光太郎は日本語を教えに行ったのだが、実際には異国文化を数多く教えてもらった。

ニューオリンズは黒人が六割以上でジャズ発祥の地で、親しくなった台湾出身のクオ教授にジャズ喫茶に連れていって頂いた。当地在住の日本人とも思わぬ交流ができて楽しい五か月間で、いい思い出になった。肝心の英会話習得については、滞在五か月では目に見えた上達は得られなかった。

年中無休24時間体制の病院——平成10年

厚生連に来て12年目の平成10年に新潟県の港川町に新しくできる24時間体制の徳療会病院に来てもらえないかという誘いがあった。今の健診業務は重要だが、元々実際の患者さんのお世話をしたい気持ちが強かったので、副院長の立場で単身赴任することになった。

徳療会病院というのは徳川久雄氏が設立した病院で、その原点は徳川氏の生まれ故郷奄美群島の徳之島で久雄少年が小学三年生の時に遡る。3歳の弟が高い熱を出して吐き、激しく下痢をしていたので医者を呼びに暗い夜道を一人で走った。しかし遅い時間だということで医者は来てくれなかった。弟は翌日昼過ぎに白目をむいて死んでしまった。

徳川氏を医者になるように駆り立て、病院を次から次に作り、24時間いつでも対応してくれる救急医療に力を入れてきたのも、小学三年生の時の弟の死が原動力になっていた。徳川氏の言葉に、

「できることなら医者になる人は最低の生活を体験し、生きていくことの苦しさ、厳しさを徹底的に知り尽くした人がなるべきだと思う」

というのがある。離島の水飲み百姓の倅に生まれ、貧乏につきまとわれながら生きるために様々な体験をしてきた。様々な苦労をしながら二年浪人して大西大学医学部に合格して医者になり、日本中に病院を作り、貧乏な人でも24時間いつでも診てもらえる体制作りに奔走していた頃に建設された病院の一つがこの港川徳療会病院だったのである。光太郎はかねてから徳川氏の経歴と理念、がむしゃらに頑張る実行力に敬服していたので、いつか協力できる時があれば参加したいという気持ちがあった。

そのような理念の基に建設された24時間対応の病院であったが、医師が少なく毎日が当直のような状況で、国立甲斐病院にいた時と同じように厳しい状況だった。官舎が病院の近くにあり、救急車の音が聞こえたらそれが到着する前に救急車受け入れ玄関に行っていなければならない。24時間対応なのでいつピーポ、ピーポが鳴るかもしれず、ぐっすり寝ている訳にはいかない。いつしか体がそれに慣れてピーポ、ピーポが鳴ったら条件反射的に起きられるようになった。

このような病院に勤められる条件は第一に、「医療は患者のためにあり医者の利益のためではない」の理念が分かっていることが必要で、二番目には「24時間対応できる体力」、三番目には患者は子供から老人まで様々なので「各科万遍なく対応できる知識と技術力」が要求された。

光太郎は一と二の条件は満たせたが、三の条件では、子供や外傷例などには充分対応できないことがあった。

村上市に村上市民病院があったので、光太郎の病院で手におえない場合は、そちらに送ることもあったが、軽症例などは当然当院で対応するべきで、その判断が難しかった。

様々な患者さんがいてその対応に右往左往しながら働いた。現在働き方改革が求められ、医師にもそれが適応されるとされているが、もしそれが徳療会病院に適応されたら、あの当時のままなら、病院は運営できなくなるのではないかと思われる。8時間労働で残業は一定の制限時間内という勤務条件は夢のようなことで、それにはスタッフを増員する必要があり、それは容易なことではないと思われる。

光太郎が勤めていた頃は一年位で辞める人が多く、長期継続勤務は難しいと思われた。徳川久雄氏の理念は、

「病院勤務者はあくまでも患者中心であり、医者は困っている患者がいたら何時でも全てを投げ出して対応すべきである」

で、患者側には何重にも配慮していたが医者側には配慮がなかった。働き方改革で徳川氏の理念にも多少の修正と補足が付け加えられるかもしれない。

光太郎も一年間の勤務中家に帰ったことは一度もなく、一年間の勤務で精神も肉体もボロボロに擦り切れて帰ってきて、その後また厚生連に戻って働いた。年中無休24時間体制の病院は素晴らしいと思うが、今後はそこで働く医師をはじめとする職員の労働環境を是非とも考えてもらいたいと思う。勿論患者さんが最も大事だが、そこで働く人達もその大事な患者さんを護る人達なので、患者さん同様大事にしてもらいたいと思った。

アフリカ行きを決意——平成18年〜［65歳〜］

一年間の徳療会病院勤務の後、再度厚生連に戻ったので、都合二十年間そこに勤めて65歳で定年を迎えた。

今までの勤務は教授命令の出向だったが、定年でその教授命令も時効になり、それから解放されたので、今度こそアフリカに行こうと決心して国境なき医師団の試験を受けた。

試験は研修を含めて三日間で、多職種との協調能力、災害などへの対応能力、予期せぬことが起こった時の対応力などの模擬事例を志望者全員で様々な意見を出しながら実習する研修と、英会話の試験で成り立っていた。合否は主に英会話能力で決まり、光太郎の試験結果は合格とまではいかない補欠で、家族の了解が得られたら合格として正式なメンバーに加われるというものであった。

光太郎は44年前に心に思ったことを今こそ実現する時だと思った。第一のチャンスだった医学部卒業直後のアフリカ行きは、研修医制度の問題と父母に対する配慮があった。山森医大時代や健診センター時代は、教授命令勤務で中々勝手なことは言い出せなかった。今は教授の支配下からも解放されたし、アフリカ行きを反対していた父母も亡くなった。夢の実現は今を置いてないと思い、恐る恐る妻の英美子に切り出した。

「国境なき医師団の試験に受かったので、今度海外活動に行かせてもらいたいのだが」

実際は「補欠」だったのに「合格」と嘘を言い、目的地はアフリカなのに「海外活動」とあいまいにしたが妻にはその意味が分かり、今までになく本気だということも分かった。

「何を言っているのですか!!　きれい好きのあなたなんかそんな所に行けば水も飲めないだろうし生活できなくて直ぐ病気になって死んでしまいますよ!!　駄目に決まっているじゃない！　バカなことは言わないでよ！」と、すごい剣幕だった。

光太郎は、

「国境なき医師団は三か月とか半年とか場合によっては一か月でもいいのだよ」と言った。

「駄目と言ったら駄目に決まっているじゃない!! どうしても行きたいなら離婚してから行って！」と言われた。

光太郎は自分自身のことを内省すればまだまだ利己的なところもあるし、能力的にも劣った人間だが〝人のために尽くす〟という思いは強く、それを妨げる利己主義や自己保身主義は超克されなければならないと考えていた。光太郎の生き方や考え方は英美子にも少しは分かっていたが、長年連れ添ってきて感じているのは、〝光太郎は現実をよく見ないで、願望が容易に実現できると信じてそれをしたいと言い張るところがある〟ということだった。

〝家では食事の調達やその管理、衣服の調達など何から何まで一人ではできない。こんな人がアフリカに行ったらすぐ死んでしまう〟。英美子は何としても引き留めようと思い、色々な人に訴え相談した。相次いで光太郎の前の上司だった金木教授や厚生連の上川専務理事等から電話がかかってきて口々に、「奥さんも心配しているので止めた方がいいと思うよ」と言われた。光太郎が尊敬していた奉仕同好団体黎明医療団の森本ドクター部長からは、

「奥さんから聞いたけど、自分の長年の念願を実現したいということだが、それを決めたのは何十年も前のことで今では事情は全く違う。紛争が絶えない所が多く、いつ殺されるか分からない。病気で死ぬかもしれない。青年時代に思ったことは何が何でも実現しなければならないということはないのだよ。もっと冷静に考えた方がいいよ。人に尽くしたい、病気で苦しんでいる人に尽くしたいというなら日本の中にだってまだへき地はある、そういうところも考えたらどうだ」と言われた。

光太郎の頭の中には〝約束を果たさなければ〟という気持ちがずっとあった。自分が医師になった動機は、アフリカでハンセン病の人達の治療に当たることであった。口では色々偉そうなことをいっても、いざとなるとそれが実行できない人は軽蔑されると思ってきた。実際、今アフリカでハンセン病治療に当たっている若い医師もいる。国境なき医師団に加わって活躍している医師もいる。自分だってできないことはないと思ってきたが、周囲の猛反対にあって立ち往生してしまった。

夢を実現した英雄は、自分の思いと周囲との軋轢の中で反対意見に打ち勝って決断した人達だろうなと思った。決断したけれど猛烈な反対に負けて、やむなく断念した人も数えきれないほどいるのだろうなとも思った。

自分の年齢のことも思い、先輩達の意見も聞いてひとまずアフリカ行きは諦めて国内のへき地に行くことにして就職先を探すことにした。

そのような時、東京在住の旧知の歯科医師北山から電話がかかってきて、

「今度勤めを辞めたんだってね、いいところがあるから紹介するよ」

「へき地に行こうと思っているのですが」

「そこもかなりのへき地だよ。一度担当者と会ってみたら」と紹介されて会うことにした。そして担当者と甲府のデパートの喫茶室で会うことになった。

「初めまして、北山先生の紹介でまいりました」

「北山先生からはかなりのへき地だと聞いたのですがどこですか？」

「実は山梨県内でここからそれほど遠くない笛里病院なのです」光太郎は驚い

て、

「そこはそれほどへき地ではないではないですか」

「へき地といえばへき地、へき地でないといえばへき地でない所ですが、先生のような方に是非来て頂きたいと思ってまいりました」

その時光太郎はもっとへき地にある診療所のようなところを考えていたので、

「考えさせてください」と別れた。

笛里病院の勧誘に来た人は、光太郎の心の内は理解していなかった。光太郎は日本の最果て、果ての果ての所に行ってアフリカの代わりができたらいいと思っていたのだ。ネットでへき地医院の医師募集を探してみたが意外とないものだと思った。恐らくタイミングであちらこちらからの募集が重なることもあれば、何もない時もあるのだと思った。その時は光太郎が求めたへき地の中のへき地の募集はなく、笛里病院と同じような「へき地といえばへき地の病院」、がいくつか募集していた。同じ「へき地のような病院」なら笛里病院でもいいのではないかと思って平成19年7月に笛里病院にお世話になることになった。

任務は光太郎がそれまで健診センターに勤めていたので健診の仕事をメインにとのことだったが、健診の他に外来診察、入院診察、胃カメラ検査、当直業務もさせて頂いた。当直の時は次から次に患者さんが来て重症者が重なることもありパニックになることもあったが、そのような時にはアフリカに行っていたならこのようなこととは比べ物にならないだろうと思って心を入れ替えて対応した。

以来十二年間その病院でお世話になったが「アフリカならこんなものではない」との思いは様々な困難に遭遇した時にすごく有効であった。外来がどんなに忙しくても、病棟から休日や夜間に何度も電話がかかってきても、「アフリカに比べればこれくらいのことは」と乗り切れた。

医師になって以来、日々の診療をしながらもアフリカのことは忘れないでいたが、70歳を過ぎる頃からはアフリカと限定しないで世界の人々の健康と幸せを考えるようになっていた。

全ての国、全ての人の幸福を願う

山村が教えてくれた宗教では、朝夕の勤行の最後に「世界の平和と一切衆生の幸福」をご祈念するがこれは全世界、全人類の願いだと思う。

シリアやパレスチナ地域その他では今も紛争が続いており、何百、何千万という難民がさまよっている。ＩＳの生き残りがテロをして多くの人を殺したりしている。アフガニスタンやパキスタンではタリバンとの内紛で争いは尽きない。光太郎は医者なので患者さんの苦しみを心で感じながら治療に当たってきたが、世界各地の紛争で死んだり難民になったりしている人達のニュースをみる度にやはり心が苦しくなり、なんとかしてやりたいと思ってきた。

具体的に何をしたらいいのか考えたが、宗教対立、貧困、無知、超大国の思惑、各国指導者の傲岸不遜など様々な問題があり、自分の力ではどうすることもできず、悶々として祈るしかない現状であった。

光太郎も78歳になり、体力的にも衰えが感じられ、病院の常勤勤務から離れてゆっくり社会に貢献できる道を考えようと思って、令和2年3月に十二年勤めた笛里病院を退職することにした。

光太郎が笛里病院を辞めた丁度その頃、新型コロナウイルスが大流行していて、全世界を巻き込み死者も多数出ていた。

『新型コロナ　19氏の意見』（農文協編　農山漁村文化協会　２０２０）の中に北大ウイルス学の高田礼人氏の意見として、

「新型コロナウイルスはコウモリから見つかっているウイルスと遺伝子配列が似ていることからコウモリが自然宿主とみられている。ある生物種を自然宿主とするウイルスが他の生物種に感染するのは容易ではない。ウイルスの感染は宿主生物の中である特定の条件を満たした場合のみに成立するので、生物種が変わるとその条件も変わり感染を広げられなくなる。生物種をまたいだ感染には様々な生物的壁があり、これを宿主の壁といい通常はこれを乗り越えることは出来ない。しかし特別な条件があれば稀に乗り越えられることもある」

と書かれており、どこかの国が軍事目的で動物実験を繰り返すとか化学物質を加えたり放射線を当てたり、遺伝子操作をするなどしてその宿主の壁を越えてコウモリが宿主だったウイルスが人間に感染するようになった可能性がある。

その実験途中のウイルスが故意か事故によって実験室から外部に出てしまったのが今度の大騒動と考えられた。

高田礼人氏は続けて、

「動物を自然宿主としていたウイルスが人間に感染出来るようになった場合は二つの場合が考えられ、一つは人間の免疫反応とバランスをとって、重い病気を起こすことなく、人間の体内に住み着き共生関係を築きながら感染を繰り返す場合であり、もう一つは動物から移ってきた未知のウイルスに対して人間に免疫システムがない隙をついてウイルスが爆発的に増えてしまって重い病気を引き起こし、死者も出すことになるケースがある」と書いていた。

新型コロナの場合は後者で、世界中がそのウイルスの感染拡大に苦しめられていた。

核兵器も生物兵器も使用されたら莫大な死者と発病者を出し、人類が滅亡するかもしれない。

　そのような悪魔の兵器を使用するかしないかは人間が決める。世界平和というのは人間の心が決めるものだと思う。心の中で、「自分さえよければよい、自分の国さえよければよい」と考える為政者がいる限り戦争はなくならないだろうと思った。

　光太郎は人間の心が浄化されて皆が利己主義から脱却して、他人のために尽くすことを考えるようになってくれれば、戦争はなくなると思い、そのためにはどうしたらよいか事あるごとに考えていた。

「一切衆生の幸福」を言う場合、「一切衆生」とは人間だけでなくあらゆる生き物のことである。一切衆生の幸福を願うとは生きとし生きる全ての者の幸福を願うということだが、自然界で肉食動物は草食動物を捕まえて食べ、草食動物は植物を食べて生きている。肉食動物に食べられる動物の幸福とはなんだろうか？と思った。人間も牛や豚を殺して食べている。ベジタリアンは肉を食べないがそうでない人は食べている。光太郎も肉が食卓に出されるので食べているが時々心苦しくなることがある。

人間が根源的に背負っている原罪なのかもしれないし、自然界の摂理かもしれない。光太郎を悩ましている大きな問題であった。

人間に限って言えば、様々な地域に様々な人間が住んでいる。熱帯地方もあれば寒冷地方もある。白人も黒人も黄色人種もいる。金持ちもいれば貧乏人もいる。健康な人もいれば病弱の人もいる。自分さえよければよいと思っている人もいれば他人の幸せを第一に考えている人もいる。教育を受けて正しい考えができる人もいれば、教育を受けても正しい考えができない人や、最初から全く教育が受けられない人もいる。

光太郎はそれら全ての人の幸福を願うにはその根底に差別意識の撤廃が必須だと思っていた。

「黒人や黄色人種は肌の色が違うので同じ人間とは思えない」

「自国民は優秀だがあの国民は劣等だ」

「能力の低い人間にはそれなりの対応は当然だ」等々の差別。

その他、学歴、容貌、出身地、年齢、貧富など様々な差別意識がある。人々の幸せを考える上で最も大切なことはこの差別意識をなくして、他者を思いやることだと思う。

光太郎は縁あってこの世に生まれてきた人生なので、全ての人に幸せになってもらいたいと祈り、一人でも多くの人が、〝差別意識を無くして他者を思いやる〟ことを信条に生きてもらいたいと願ってきた。

それはその人自身が幸福になる考え方でもあり、宇宙の法則に合致した生き方だと思っていたが、それを世界に敷衍することはまだまだ長い道のりがあるだろうなと感じていた。皆が一度、沖仲仕のような仕事を体験することは、その一助になるかもしれないとも思った。

エピローグ——令和2年〜［78歳〜］

光太郎が笛里病院を辞める時、医局で送別会を開いてくれた。そこで挨拶の中で、

「医者になる前に沖仲仕をしていました」と言ったら、

「沖仲仕？　何それ」と知らない医師が殆どだったが、山崎院長は知っていて、

「港で船から荷物を陸に上げたり、陸の貨物を船に載せたりする仕事で入れ墨した荒くれ男が多く、喧嘩が絶えないような所だよ」と皆に説明してくれた。

光太郎が体験した沖仲仕は荒くれ男は殆どいなかったが、過去を持った身寄りのない人が多く、互いに過去はあまり話したがらなかった。光太郎は自分の弱い心を強くしたくてその世界に入ったが、いろんな人と接する中で仲間意識が培われ、どんな人と応対してもどちらが上でどちらが下と考えることはなくなった。

後年医師になって色々な患者さんに接する時、沖仲仕時代の体験は大いに有用だった。

光太郎は笛里病院を辞めた後のことを考えていた。十二年前の飯田厚生連退職時には実現はできなかったがアフリカに行くという明確な目標があった。しかし、今度の退職時にははっきりした目標はなかった。旧知の二か所の病院から常勤医として勤めてもらえないかとの要請を受けていたが、体力の衰えを自覚していたので、非常勤ならよいが常勤医は無理のように感じていた。

笛里病院を辞めた時、妻・英美子は、

「よくここまで頑張ったわね」と言ってくれた。

「職場の全ての人、患者さん達など皆さんのお陰だが、中でも一番世話になったのは英美子だよ、英美子のお陰でここまで勤められた。本当にありがとうね」とお礼を言った。

「これからは旅行したりして楽しく余生を過ごしましょうね」と英美子が言ったので光太郎は、

「ああ」と返事はしたが心中は〝そんなに楽しんだり、のんびりしたりしていられない。体力が衰えたとはいえこれからが本番の人生なのだ〟という気持ちがあった。

今は常勤の仕事を辞めて自由になり、年齢は78歳になったが新たな旅に出たいと思った。

世界平和が最大関心事だが、何をしたらいいのか。政治家になり国際的に諸国の首脳と交流しながら世界平和と人類の幸福の輪を作っていくことも一つの方法だが、それには選挙に出て国会議員に当選しなければならない。極めて困難な道のりであり、年齢のこともあるので政治家になるのは諦めて世界の人々の幸せを祈りながら自分にできる範囲のことで寄与していきたいと考えていた。

一人の力は微々たるものだが、文化交流の道もあるので、地域活動やSNSなどを使って、ささやかながら世界平和のために役立ちたいと思いながら日々を送っていた。

今までずっと勤務医生活を続けてきて、朝出勤して夜帰ってくるという生活で、隣近所との交流はあまりなかったが、病院を辞める二年前、それまで60年来の念願で計画を立てる度に頓挫してきた〝自治会公民館建設〟の準備委員長を引き受けることにした。様々な困難に直面しながらほぼ二年間の必死の活動で、光太郎が病院を退職する年の2月、遂に公民館を完成させることができた。3月に晴れがましい竣工式と整形外科医による記念講演を予定していたが、新型コロナの蔓延で中止になってしまい、残念至極で新型コロナを恨んだ。

公民館建設任務は医師として患者さんを治療する仕事とは全く異なり、自治会員の意見の集約、地権者との交渉や銀行からの借金など、様々な困難に遭遇して心身共に消耗したが、いずれも光太郎の今後に役立つ辛苦だったと思われ、完成した新会館を見上げて感慨にふけった。

公民館もできたことなので、今後は地元に溶け込み自治会活動に加わりながら、地域の皆さんのための健康教室開催などで地域活動をしていこうと思っていた。

毎日決まった時間に出勤して患者さんを診て患者さんと話し、仕事をして家に帰ってくる生活は型にはまっていたので安心感があり、社会に何らかのことをしているという自負もあった。しかし仕事を辞めて家でぶらぶらしていると、なにか役立たずの人間になったみたいで惨めな気持ちになることもあった。近所の人に、勤めに行かないで家にいる自分を見られるのが恥ずかしいような気持ちもあった。

病院に毎日出勤しないという新しい生活情況になったのだから、新しいリズムを作っていこうという気持ちにはなっていたが中々しっくりしなかった。

病院を辞めて三か月くらい過ぎた頃、非常勤医でもよいから勤めてもらいたいと誘いのあった病院を見学に行ってみた。そこはリハビリテーション中心の病院で、週四日、業務は入院患者さんの受け持ちで午後は三時頃帰ってもよいとのことで、それならできそうだと思って7月からその湯島リハビリテーション病院に勤めることになった。

就任二か月で二十人以上の受け持ち患者を診ることになった。これからもどんどん増えそうで思っていたよりかなり重い仕事だが、元々患者さんを診ることに生きがいを感じていたので、少しでもお役に立てるならばうれしいと思い、意気に感じて新しい仕事に溶け込んでいった。

リハビリテーション病院に就職して脳卒中や骨折、認知症やパーキンソン病患者さん達のリハビリを担当し、理学療法士（PT）、作業療法士（OT）、言語聴覚士（ST）等とチームを組んで、患者さんの機能が少しでも回復するようにお手伝いをしてきた。

口から食べられなかった人が少しずつでも食べられるようになってくると、皆で手をたたいて喜んだりして、充実していて楽しい期間だった。

ところが、そこに勤めて五年くらい経過した頃から、体力が急激に衰えてきたことが感じられた。

次第に病院の階段を少し上るだけで息が切れるようになり、元々前立腺肥大があり尿の出が悪かったが、それに失禁も加わり、オムツ付きのパンツを使わなければならない状況になっていた。またよく躓くようになり、ある冬の寒い日に出勤しようとして玄関で躓いて転び、右大腿骨頸部骨折をしてしまった。

救急病院に搬送されて手術を受けて数日後、自分が勤めていたリハビリ病院に転院してリハビリを受けることになった。

「よろしくお願いします」と少し照れながら光太郎は挨拶した。医師として勤めている時と患者になった時の周囲の景色はかなり違った。

顔見知りのＰＴ、ＯＴに世話になることになったが、歩行訓練やその他の訓練は外から見ていたのとは大違いで、動くたびに痛くてかなりきついものだった。ＰＴは少し遠慮がちに、

「無理はしなくていいですよ」と光太郎の体を支えながら指導してくれた。

少しずつ機能が回復して杖なしで歩けるようになり、近く退院してもよいと言われるようになった春頃、背部に重苦しいような鈍痛を感じたので、念のため同部のＣＴ検査を受けて、撮影後技師室で画像を見せてもらった。

技師は「胸椎、腰椎には問題なさそうですね」と言ったが光太郎の目は胃袋の背側部にある膵臓に吸い付けられた。不規則に腫大して十二指腸の方まで広がっているように見えた。進行膵臓がんに間違いないと思われ、光太郎は一瞬

心臓が止まるような衝撃を受けた。

「膵臓に腫瘍があるみたいだ」と言ったが声にはならなかった。

膵臓がんの経過を知っているだけに光太郎は大変なショックを受けた。一般にがんは最初無症状で、次第に進行して痛い等の症状が出た時にはかなり広がっており、手術も難しいことがあるが、膵臓がんでは特にそれが顕著で発見された時には手遅れの症例が多かった。

光太郎はかつて健診の仕事をしていて、早期発見、早期治療の重要性を説いてきただけに、進行がんになるまで放っておいたということで自責の念に駆られた。だが、膵臓は超音波検査をしても胃や腸内のガスで全体を観察できないことが多く、毎年腹部超音波検査を受けていても膵臓がんがあったのに指摘されず、かなり大きくなって初めて指摘されたというケースもしばしばあった。

光太郎の場合、それまで何の症状もなかったので、まさか膵臓がんが徐々に進行していたとは思ってもいなかったので、CTによる精密検査などは受けていなかった。

年に一回はＣＴのような検査も受けておくべきだったと思ったが、症状がなかったので思い浮かばなかったかもしれない。

その後の大学病院での精密検査で、既にリンパ節や他の臓器にも転移したステージ４で手術や放射線治療の適応はなく、薬物療法しか選択肢はないとのことで余命六か月の診断だった。

それを知った英美子の驚きと悲しみは想像を超えていたが、取り乱すことはなかった。

薬物療法には細胞障害性の抗がん薬、免疫チェックポイント阻害薬、分子標的薬などによる治療法があったが、細胞障害薬であるジェムザールの点滴とＴＳ－１の内服を組み合わせた治療を受けることになった。

治療が始まったら、元々頭髪はかなり薄かったがそれが全て抜けてしまい、食欲不振や吐き気、全身倦怠感が強く出て、耐えがたかったが少しでもよくなるならと我慢した。しかし一か月後のＣＴ検査で原病巣や肝臓転移巣の縮小があまり認められなかったので、副作用のことも考え、抗がん剤治療は一時止めてもらった。

それからは自然経過で命が尽きるのを待つだけになった。余命六か月というのは平均的数字なので、三か月で亡くなるケースもあれば一年以上生存するケースもあり、大まかな余命だが大体半年前後でこの世からお別れしなければならない残酷な数字なので、その日が次第に近づいて来ると思いながらの自宅での生活は楽しいものではなかった。

本を読んだりテレビを観たりしていたが、病状はどんどん進行して腹部や背中の痛みが激しくて夜も眠れないようになり、そのうちに黄疸も出てきて発見から四か月後頃には遂に入院しなければならなくなった。

妻・英美子は車の運転ができないのでバスを使って毎日見舞いに来たが、日に日に憔悴していく姿に耐えられなかった。

二十年位前に「アフリカに行く」と言い出した時には必死で引き留めたが、こうなるんだったら〝行かせてやればよかったな〟と思い、涙ぐんだ。

光太郎は進行膵臓がんのCT写真を見た時は大きなショックを受けたが、その事実は自分でも不思議なくらい冷静に受け入れられた。しかしその後の激しい痛みや腹満などによる苦しみは光太郎もどうすることもできず、ベッド上で呻きながらの日々を送っていた。

毎日モルヒネの貼り薬を貼ってもらった。痛みはそのままあるのだが頭がボーっとしてそれを痛みと感じなくしてくれるため一時的に平安な気分になれたが、それもつかの間でまた痛くなってきて、塩酸モルヒネの注射をしてもらうこともあった。モルヒネを使ってもらった時には、ボーっとした意識の中に様々なことが走馬灯のように浮かんできた。特に沖仲仕をしていた頃のことは何度も浮かんできた。

七年前、笛里病院を辞めた時にはまだ元気で、国会議員になって、外務大臣か総理大臣になり、国際会議に出て、世界の要人達と協議して差別のない世界を作り、世界平和と総ての人の幸福に貢献していきたいという大きな夢をもっていたが、こうなってしまってはどうすることもできない。自分の体さえ自由に動かすことができないし、声だって絶え絶えにやっと出せる状態だった。

誰でもいつかは死ぬが、自分が医師なだけに、もう少し自分の体に注意を払って健診などもこまめに受けていれば、もっと違った結果になっていたかもしれないとも思ったが、これが定めだったのかなとも思った。

今はこのような病気になってしまい何もできないが、青年時代の夢のいくつかは既に実現できたので、幸せだったなと思った。大きな夢は実現できなかったが、そのための様々な努力は辛いながらも楽しかったのでまあいい人生だったかなと思った。

肉体は滅びても、夢はどこかで誰かに引き継がれて生き続けるかもしれないとも思った。

最後は痛み止めを何度も打ってもらわなければならなくなり、意識もうろう状態の中で英美子や子供達に見守られながら静かに息を引き取った。外では秋風が吹き柿の実が色づいていた。

光太郎の長女・澄江は結婚してしばらくつくば市に住んでいたが、夫の仕事の関係でアメリカのアイダホ州に移り住んで十年以上経過していた。子供は二人いて長女は美和といった。美和の弟が生まれる時、光太郎が昔勤めていた甲斐国立病院で出産することになり、皆が出かけて、光太郎と美和の二人だけで留守番をすることになった。オムツ交換も頼まれていたが、光太郎は今迄に一度もそれをしたことがなかったのでどぎまぎした。しかし、2歳の美和がオムツの裏表とか向きを「あっち」「こっち」とか教えてくれて無事オムツ交換ができた。光太郎は出産に立ち会った人達が帰ってきた時、そのことを自慢げに話した。

そんなことは覚えているよしもないが、美和はすくすくと成長し、小学校、中学、高校とアメリカの学校で学び、6月にアメリカの高校を卒業して、日本の大学を受験するために東京の予備校に通った。

彼女が予備校に入るために帰国した時は、光太郎は右大腿骨頸部骨折のリハビリが終了して近く退院という時に、膵臓がんが見つかり、通院治療をしていた頃だった。予備校は東京だったが、たまに甲府の祖母・英美子の料理を食べたくて祖父母の家を訪れた。そんな時には、光太郎は努めて元気そうにふるまっていた。

光太郎が亡くなった翌春の入学試験で美和は北国大を受験した。母親から、

「光太郎じいちゃんは若い頃、東京で色々苦労しながら勉強して、北国大の医学部に入って医者になったのだよ」

という話を聞いていたので、何となく自分もその道に進もうと思って医学部を受験したのだった。試験科目の内、英語は普段使っていた言語なので易しかったが、国語や社会、理科は難しかった。数学も問題を解くには解いたが、後で新聞の解答と照らし合わせて間違いが多く、合格は無理かなと思っていたが運よく合格していた。

春には北海道の地で美和の新しい生活が始まった。おとなしくて弱々しかった光太郎と違って、若くて伸び伸びとしており天然育ちで屈託のない彼女が、様々な経験をしながら成長していく姿を天国から光太郎も見守り、応援していることだろう。

いつの日かアフリカで真っ黒になって働く女医さんが見られるかもしれない。

沖仲仕が医師になって　完

本書はフィクションであり、登場人物・団体名などは架空のものです。

参考文献

アルベルト・シュヴァイツァー著　竹山道雄訳『わが生活と思想より』１９９５年　白水社
逢坂信忢『クラーク先生詳伝』第2版　１９６５年　クラーク記念会
近藤誠『それでもがん検診うけますか　専門医が教える本当の話』１９９４年　ＮＥＳＣＯ
近藤誠『患者よ、がんと闘うな』１９９６年　文藝春秋
近藤誠『健康診断は受けてはいけない』２０１７年　文藝春秋
徳田虎雄『生命だけは平等だ―わが徳洲会の戦い』１９７９年　光文社
徳田虎雄『わが医療革命』１９８２年　サンケイ出版
貴志真典『トラオがゆく　徳田虎雄物語』１９８５年　潮流出版
農文協編『新型コロナ　19氏の意見』２０２０年　農山漁村文化協会
日本膵臓学会　膵癌診療ガイドライン改訂委員会編『膵癌診療ガイドライン２０１９年版』２０１９年　金原出版

〈著者紹介〉

青山光太郎（あおやま こうたろう）

1941年10月、山梨県に生まれる。1969年北海道大学医学部卒業。医学博士。

『自分と他人』（文芸社）、『ラブラブ思考で世界は変る』（鳥影社）、『親からのDNAで人生は決まるのか?』（鳥影社）など、自分とは何かを追求し、自己啓発や遺伝子に関する著書がある。

趣味はピアノで今でもレッスンに通っており、発表会でリストの『愛の夢』やベートーヴェンの『エリーゼのために』、シューマンの『楽しき農夫』などを演奏した。

沖仲仕《おきなかし》が医師《いし》になって

2023年4月14日　第1刷発行

著　者　　青山光太郎
発行人　　久保田貴幸

発行元　　株式会社 幻冬舎メディアコンサルティング
〒151-0051　東京都渋谷区千駄ヶ谷4-9-7
電話　03-5411-6440（編集）

発売元　　株式会社 幻冬舎
〒151-0051　東京都渋谷区千駄ヶ谷4-9-7
電話　03-5411-6222（営業）

印刷・製本　中央精版印刷株式会社
装丁・装画　喜納そら

ISBN 978-4-344-94265-3 C0093
幻冬舎メディアコンサルティングＨＰ
https://www.gentosha-mc.com/